Gisela Krahl ◆ *Magrit Szabo*

TAUSENDSCHÖN

Die großen Rezepte und die kleinen
Geheimnisse der Kosmetik
zum Selbermachen

Mit Illustrationen von Brian Grimwood

WUNDERLICH

Beratung: Elke Kunze und Ursula Schopen,
Fachkosmetikerinnen, Hamburg
1. Auflage August 1995

Umschlagillustration von Brian Grimwood
Layout: Büro Hamburg/Anja Künzel
Satz: Sabon PostScript Linotype Library, QuarkXPress 3.3

Gesamtherstellung Clausen und Bosse, Leck
Printed in Germany
ISBN 3 8052 0570 8

Die in diesem Buch vorgestellten Rezepte und ihre Anwendungen sind gut verträglich. Aber trotz aller Absicherung von professioneller Seite ist es nicht möglich, die individuelle Reaktion auf ein bestimmtes Rezept mit Sicherheit vorherzusagen. Der Verlag und die Autorinnen übernehmen keine Verantwortung für Reaktionen, die aufgrund der in diesem Buch veröffentlichten Rezepte und Behandlungsmethoden und aller genannten Inhaltsstoffe bei einzelnen Personen entstehen können. Wir empfehlen unseren Lesern und Leserinnen, sich über die Beschaffenheit ihrer Haut und über die passende Behandlungsmethode bei einem Dermatologen Rat zu holen.

INHALT

2 *von* OBEN *bis* UNTEN – *der* KÖRPER

3 BADEWONNEN *für alle* SCHÖNHEITEN *in der* FAMILIE

4 KOPFSCHMUCK – *wunderbare* HAARE

Die MAGICAL MYSTERY TOUR *im* HEIMLABOR

Kosmetik ist Schönheitspflege und die Kunst der Verschönerung. Das Wort kommt vom griechischen kosmos, was soviel wie Ordnung, System und Schmuck bedeutet. Es bezeichnet das Bemühen, die Harmonie der Erscheinung durch Pflege und Formung zu erreichen oder zu erhalten. Kosmetik wird von Fachkräften ausgeübt, die sehr genau die gesetzlichen Grenzen kennen müssen, hinter denen das Hoheitsgebiet der Dermatologie beginnt, die Domäne von Medizinern und von Heilpraktikern, die auch in bestimmtem Maße Hautkrankheiten behandeln dürfen.

Die Kosmetikindustrie steckt deshalb in einem Dilemma. Sie darf wirksame Substanzen nur äußerlich und in derart schwacher Dosierung einsetzen, daß ihre Wirkung sehr oberflächlich bleiben muß. Würden Kosmetikprodukte tatsächlich, wie die Werbung tönt, irgendeine Art von Tiefenwirkung haben, wären sie rezeptpflichtig.

Sicher ist, daß keine der heftig beworbenen Cremes wesentlich die Wirkung vieler Substanzen übertrifft, die Küche und Garten bereithalten. Es ist eher so, daß sich die Industrie schon kleinste Anteile an natürlichen Inhaltsstoffen teuer bezahlen läßt. Warum also nicht hemmungslos ausprobieren, was man mit leicht verfügbaren Mitteln selbst machen kann? Warum nicht einfach preiswerte Cremes kaufen und sie mit hautfreundlichen Wirkstoffen, zum Beispiel mit dem Inhalt von Vitamin-E-Kapseln, versehen?

Das Bedürfnis nach Schönheit und gepflegter Erscheinung ist so alt wie die Menschheit. Die Bedeutung der Kosmetik nimmt zu, denn die Umweltbedingungen in Großstädten und in Wohnungen mit Etagenheizung belasten die Haut besonders stark. Man erwartet von Kosmetikpräparaten, daß sie die Haut vor schädlichen Umwelteinflüssen schützen, daß sie eine frühzeitige Faltenbildung, besonders im Gesicht, verhindern, daß sie Mängel im Aussehen überspielen und schöne, harmonische Züge betonen.

Die Kosmetikhersteller tun alles, um uns einzureden, daß wir die Hautalterung nachhaltig bekämpfen und unser Aussehen selbst bestimmen können, vorausgesetzt, wir benutzen das richtige Präparat. War man früher auf Erfahrungen angewiesen, auf Experimente und Eigenversuche, so machten die moderne Medizin und Labortechnik seit dem 19. Jahrhundert die Kosmetik zur Wissenschaft. Heute läßt sich nachweisen, daß Griechen, Römer und Araber mit ihrer empirischen Gesundheitslehre und Kosmetik viele richtige Erkenntnisse gewonnen haben, die wir auch heute noch nutzen können. Nur die Preise haben sich geändert.

Der Gesichtshaut kann man ansehen, ob ein Mensch gesund ist. Tiefe Schatten unter den Augen, graue oder gelbe, trockene, picklige Haut: das zeigt, wie es uns geht. Sorgen verschlechtern die Hautstruktur ungemein. Fettig, schlaff und grau wird sie. Von innen wird die Haut ernährt, von außen nur gepflegt. Ein Mangel an Vitaminen oder Proteinen, der auf der Haut sichtbar ist, herrscht in allen Organen und muß überall im Körper beseitigt werden. Von innen.

Entspannte Muskeln, gute Laune, Wachheit, Witz, Klugheit und Erfahrung, Anmut, das alles macht schön. Eine gute Creme kann pflegen, durchfeuchten, durchfetten, säubern und glätten – nicht mehr und nicht weniger. Trotzdem sei es jeder Frau gegönnt, für einen Luxustiegel glatt 200 Mark hinzublättern, wenn sie unbedingt etwas braucht, das ihr Selbstbewußtsein hebt. Die edle Verpackung, das Image des Modeschöpfers oder Coiffeurs, der die Creme kreiert hat, umgibt die vielleicht gekränkte Frau mit einem Hauch von Kostbarkeit. Hang zum Luxus, Magie der Schönheit, Wunsch nach Macht – ganz gleich, was die Kundin damit assoziiert, der Wert der Marken-Kreation liegt in ihrer psychologischen Aura, und auch Tand und Talmi, Schminke, Glitzer, Rüschen und Flittergold fördern schließlich das Wohlbefinden. Aber alles zu seiner Zeit. Es schadet keiner Frau, wenn sie ein bißchen mehr über die Beschaffenheit von Haut und Haar erfährt, über die Kunst der Schönheitspflege und auch über Kundenfängerei. Wenn sie sich bewußtmacht, was sie da für teures Geld kauft, wenn ihr klar ist, was sie an Wirkung erwarten kann und was nicht, und wenn sie weiß, daß zur Schönheit mehr gehört als eine Schicht Creme für den Tag und die Nacht.

Ob nun «Time-stop» auf der Verpackung steht oder ob die Erneuerung der Haut versprochen wird: wer behauptet, eine Creme könne die Zeit anhalten oder die Spuren des gelebten Lebens löschen, der spinnt – oder lügt.

Die vielberedete AHA-Kosmetik aber, die den Abschälungsprozeß der Haut fördert, ist eine gute Sache, denn bei älterer Haut dauert es viel länger, bis die Zellen der Haut von unten nach oben nachgewachsen sind. Die Haut sieht einfach nicht mehr so rosig aus. Sie ist dicker geworden, die Blutgefäße schimmern nicht mehr durch. Da ist es gut, wenn man nachhilft mit Peeling und

Rubbeln oder mit chemischer Ablösung. Alpha-Hydroxide-Acid hat in Cremes eine Konzentration von 0,01 bis 5 Prozent. Das entspricht der Konzentration der gleichen Fruchtsäuren in Wein, Äpfeln, Zitrusfrüchten, Zuckerrohr und Sauermilch. AHAs können die Haut weicher und oberflächlich glatter machen, und sie beseitigen Unreinheiten, aber keine Altersspuren wie Hängebäckchen und Falten. Diese Wirkung hat aber auch eine Obstmaske oder ein Fruchtessig oder sogar der Rest Wein von gestern abend. Fruchtsäuren werden auch bei Hautkrankheiten, zum Beispiel bei Akne eingesetzt, dann aber unter ärztlicher Beobachtung und in einer Konzentration von bis zu 70 Prozent. Eine derart heftige Salbe würde der Rezeptpflicht unterliegen, und die Anwendung wäre riskant. Eine AHA-Creme ist also durchaus zu empfehlen, weil sie genauso effektvoll ist wie eine Erdbeermaske. Nur das Preis-Leistungs-Verhältnis ist nicht so recht ausbalanciert.

In den hochgerüsteten Labors werden chemische Techniken entwickelt, um Inhaltsstoffe zu standardisieren, die in der Natur in nicht immer gleichbleibender Qualität vorkommen. Man stellt Konservierungsstoffe her und Stabilisatoren, die garantieren, daß die Creme weder im kühlen Lager noch im sonnigen Schaufenster schimmelt oder ihre Konsistenz verändert. Auch nach Jahren nicht.

Emulgatoren sollen einer einmal gerührten Creme die Konsistenz erhalten. Transportstoffe werden geschaffen, die durch die nur 200 bis 300 Nanometer dünnen Zellzwischenräume schlüpfen können: die Liposomen. Liposome sind selbst keine Wirkstoffe, sie sind Träger. Da sie nur mit wäßrigen Substanzen beladen werden können, minimalisiert man Moleküle von fettlöslichen Stoffen in Hochgeschwindigkeitsschleudern zu Fluids, damit sie sich an Wasser binden und so von den Liposomen tiefer in die Haut getragen werden können. Kollagen, Elastin und Fett können sie nicht transportieren, weil deren Moleküle zu groß sind, wohl aber Hyaluronsäure, eine Füllsubstanz zwischen den Zellen. Hyaluronsäure hat im Bereich der Kosmetik einen guten Ruf, der teuer ist. Ob sie wirklich die Haut am Altern hindert, ist wissenschaftlich strittig. Umstritten ist auch die Frage, ob und was überhaupt lohnt, so tief in die Haut eingeschleust zu werden, weil gar nicht sicher ist, ob die Haut von außen aufnimmt, was sie innen braucht. Und wo läßt sie es? Sie kann ja nicht nach innen verdauen, sondern nur nach außen ausscheiden.

Konservierungsstoffe, Emulgatoren, Stabilisatoren, Liposome – das alles sind teure Entwicklungen, die auch für den Verbraucher nützlich sind. Manche sind nur nützlich für den Hersteller. Wenn wir unsere Cremes selbst zusammenrühren, können wir die Qualität auch selbst bestimmen, viel mehr oder andere Wirkstoffe untermischen, damit sich unsere Haut nicht langweilt. Wir können Reizstoffe schnell isolieren und das nächste Mal weglassen, falls die Haut empörte Pusteln bildet; denn nicht alles, was natürlich ist, ist auch für jede Haut verträglich. Was wir so mit einfachen Mitteln herstellen, kann besser sein als das meiste, was für viel Geld zu kaufen ist.

Eine Schönheitscreme mit geheimen Wirkstoffen gibt es sowieso nicht. Das Geschrei um die Wirkung irgendwelcher Produkte können wir ruhig der Industrie überlassen, der vor allem daran liegt, ihre Mittel von anderen zu unterscheiden. Sie will uns überdies glauben machen, jeder Fleck auf unserem Körper brauche eine spezielle Behandlung mit einem speziellen Produkt und die Haut außen brauche ganz andere Wirkstoffe als der Körper innen. Die Wahrheit ist, daß wir die Haut von innen ernähren, mit dem, was wir essen. Und was wir essen, können wir im Prinzip auch zur Pflege auf die Haut auftragen.

Auch die Kosmetikhersteller kochen nur mit Fett und Wasser. Statt der aufwendigen High-Tech-Öle (das sind leichte, undurchlässige Mineralöle, die mit entfetteten Pflanzenölen wieder durchlässig gemacht werden, denen wiederum künstlich die Vitamine zugeführt werden müssen, die bei der Entfettung verlorengehen) verwenden wir Bienenwachs und leichte feine Pflanzenöle, die genau zu unserem Hauttyp passen. Wir können Pflanzenwirkstoffe und Vitamine in die Cremes einarbeiten, wer will, kann auch Hyaluronsäure und Liposome ausprobieren. Alle diese Stoffe gibt es in speziellen Geschäften zu kaufen, und sie sind nicht teuer.

Wir sind der Meinung, daß die kreative Beschäftigung mit Haut und Haar, mit Pflege und Duft, Glanz und Eleganz, mit Näpfchen, Döschen und Flakons große Bedeutung für die Schönheit hat. In der Zuwendung und Aufmerksamkeit, die wir uns selbst schenken, liegt die Möglichkeit, sich schön zu fühlen und auch so auszusehen. Die andere Möglichkeit liegt in der teuren Luxuscreme, die zwar von guter Pflegequalität sein mag, deren wahrer Wert sich aber nur als Warenwert zeigt: durch einen hohen Preis gestützt, von wolkigen Sprüchen umnebelt.

1

SANFTE *Pflege* FÜR DAS *Gesicht*

Stellen Sie sich vor, Sie haben gerade einen wunderbaren Abend erlebt, Sie hatten Ihren großen, eleganten Auftritt. Das Essen war gut, der Wein auch, die Schminke ist noch nicht verwischt. Sie haben Ihren Prinzen dabei, Sie sind verwegen, und der Abend soll sündig enden. Nur Gabi Mustermann wird sich, nachdem sie den Prinzen in Schwung gebracht hat, die Zeit nehmen, sich sorgfältig abzuschminken, die Gesichtshaut penibel zu reinigen, eine Nachtschicht aufzulegen, die gründliche Waschung aller Problemzonen vorzunehmen, um dann, womöglich mit einem nie versagenden 24-Stunden-Deo versehen, zu ihrem Prinzen zu steigen, der derweil ungewaschen, wollüstig und rauchend auf der Bettdecke wartet. Er darf noch einen Champagner trinken. Aber Gabi? Mit geputzten Zähnen? Tausendschön hingegen ist dabei, wenn der Korken knallt. Sie pfeift auf die Abschminke und Pflege, jedenfalls an diesem Abend. Sie parfümiert beherzt die Kniekehlen und legt sich zum Prinzen, denn sie weiß, daß es ihrer Haut vollkommen schnuppe ist, ob sie am Abend oder am Morgen gereinigt wird. Nur daß sie gereinigt werden muß, bald und gründlich, das weiß sie. Und da hat sie recht. Am nächsten Morgen, nachdem ein Teil der Schminke sowieso schon im – zum Glück – gemusterten Kopfkissen verschwunden ist, taucht Tausendschön in ein warmes Bad mit einer traumhaften Duftmischung, und nachdem sie sich lange genug gesuhlt hat, angelt sie sich den prinzlichen Rasierpinsel und die Rasier-

Die tägliche

seife und seift damit ihr ganzes Gesicht ein. Ab und zu kann auch trockene und zarte Haut so eine energische Wäsche vertragen. Und überhaupt ist es besser, Kosmetik nicht allzu fanatisch zu nehmen. Hautprobleme entstehen meistens durch zuviel Kosmetik, selten durch zuwenig. Ernesto Laszlo, ein berühmter amerikanischer Dermatologe und Berater vieler Hollywood-Schönen, empfahl den Ladies, sich täglich die Schminke mit einer fetten Seife vom Gesicht zu waschen. Danach sollten sie das Gesicht mindestens dreißigmal dampfend heiß und dreißigmal eiskalt abspülen. Wir meinen, daß eine solche tägliche Strapaze die Haut ruiniert, weil Seife sich zwar wie ein Emulgator gut an Fett bindet, aber mit ihren alkalischen Substanzen auch den Säuremantel der Haut angreift. Allerdings kann das jede Frau selbst testen und – wenn sie es verträgt – ab und zu anwenden. Manche haben eine robuste Haut, die nichts übelnimmt, weder Seife noch Scheuerpulver, noch Alkohol. Andere machen es einmal und nie wieder. Bevor Sie die Rezepte ausprobieren, stellen Sie zunächst fest, welcher Hauttyp Sie sind – Tips dazu stehen ab Seite 150. Sie können aber auch eine Kosmetikerin fragen. Darüber Bescheid zu wissen ist ganz wichtig. Man muß sich schließlich kennen, wenn man sich gut behandeln will. Die Beschreibung der Inhaltsstoffe, ihrer Wirkung und wo Sie sie kaufen können, die Beschreibung der Pflanzenöle und der ätherischen Öle (Essenzen) finden Sie im Kapitel 6 ab Seite 152.

Reinigung

MILCH, ÖLE, PEELING *und* REINIGUNGSCREMES

Reinigungsmilch für normale Haut

1 TL Milchpulver (Fertigprodukt aus dem Supermarkt) auf die angefeuchtete Gesichtshaut drücken, mit den Fingerspitzen leicht einmassieren und mit Wasser abspülen. Das macht die Haut glatt und rein wie Elfenbein.

Reinigungsemulsion für trockene Haut

15 g Speiseöl aus der Küche ◆ *5 g Tegomuls* ◆ *80 g destilliertes Wasser aus der Apotheke* ◆ *3 Tropfen Geranienessenz* ◆ Sie können auch Rosenwasser oder einen Kräuteraufguß nehmen. Erst den Emulgator schmelzen und gleichzeitig das Öl erwärmen und das Wasser. Öl mit dem Emulgator verbinden, dann das Wasser dazumischen. Wenn Sie Orangenblütenwasser nehmen, das schon konserviert ist, hält die Milch etwas länger als ein bis zwei Wochen.

Hy-Öle für jeden Hauttyp

100 ml Öl ◆ *2 TL Mulsifan* ◆ Ein Hydro-Öl, auch Hy-Öl genannt, kann man mit jedem ordentlichen Salatöl machen, denn das Speiseöl ist gut, und es wird sowieso wieder abgewaschen. Aber ein kleines Düftchen sollte auf jeden Fall eingeschmuggelt werden. Vielleicht mit Kamillenessenz oder 1 Tropfen Minze. Minze ist morgens sehr erfrischend, aber es darf nicht in die Augen kommen, und manch eine Haut reagiert gereizt. Etwas Hy-Öl in die Haut einmassieren, Hände anfeuchten und weitermassieren. Das Öl emulgiert nun, wird milchig und läßt sich gut abwaschen. Erst warm, dann kalt. Das macht putzmunter am Morgen. Man kann das Hy-Öl auch unter der Dusche für den ganzen Körper benutzen. Es eignet sich für jeden Hauttyp.

◆ *Die Beschreibung der Inhaltsstoffe und Tips, wo man sie kaufen kann, finden Sie ab Seite 152.*

Peeling fürs gute Feeling

Das ist eher etwas für fette Haut, die zur Unreinheit neigt. Wenn Sie aus dem Sonnenurlaub kommen, sollten Sie die Reste von der verbrannten Haut herunterholen, die doch nur trocken und schuppig sind. Nehmen Sie in die Handfläche etwas Jojobagranulat oder Olivensteingranulat oder getrocknete Zitronenschale, die in der Kaffeemühle zerkleinert wurde. Hafermehl geht auch, oder Salz. Geben Sie Hy-Öl dazu, massieren Sie sich damit den Körper nicht zu grob, und waschen Sie alles wieder ab, die Haut wird dann schön weich. Anschließend eine gute Crememaske auftragen, aber nach 20 Minuten alles runterwaschen, damit die Haut Luft kriegt und wieder urlaubserholt strahlen kann.

Mandelpeeling für unreine Haut

1 EL feingemahlene Mandeln oder 1 EL Mandelmehl aus der Kaffeemühle oder fertig aus der Backabteilung ◆ 1 TL Zinksalbe (Dr. Riese, Apotheke) ◆ 1 TL Honig ◆ 1 TL Mandelöl

Beautyfizieren Sie sich. Rühren Sie alles zu einem Brei. Gesicht und Hals mit dem Brei massieren und dann mit lauwarmem Wasser abwaschen.

Wonderful Papaya-Peeling

Papayasaft auf die Haut tupfen, aber nicht reiben. In der Frucht befinden sich Enzyme, die die Haut weich machen und die oberste Hornschicht lösen. Das ist ein mildes Peeling und Adstringens. Legen Sie sich einen warmen Waschlappen oder eine dampfende Mullwindel aufs Gesicht. Der Saft darf aber nicht länger als fünf Minuten auf der Haut bleiben, und falls es hinterher brennt oder zu sehr kribbelt, hilft Kartoffelwasser zum Beruhigen.

Reinigungscreme für trockene Haut

2 EL Sonnenblumenmargarine ◆ *2 EL Kakaobutter* ◆ Beides miteinander schmelzen und schlagen, bis die Masse wieder kalt ist. Das ist eine wirksame Reinigungscreme, außerdem bietet sie im Winter bei niedrigen Temperaturen Schutz gegen das Austrocknen der Haut. Die Creme ist auch sehr gut für die Haare. Bei sonnengestreßtem Haar, spröder Kopfhaut und Spliß sollte man diese Creme in die Kopfhaut einmassieren und die Haarspitzen damit satt einfetten, ein Stück Haushaltsfolie herumschlingen oder eine Duschhaube aufsetzen und die Packung zwei Stunden ziehen lassen. Dann shampoonieren.

Auch nach dem Bad kann man mit der Creme den Körper einreiben und besonders die trockenen Stellen an Füßen, Fesseln, Knien, Ellbogen und Hals sorgfältig bearbeiten.

Reinigungspudding

1 TL Maisstärke ◆ *1 TL Öl* in einer viertel Tasse abgekochtem, abgekühltem Wasser verrühren. Alles wieder im Wasserbad erhitzen, bis es ein fester Pudding geworden ist, der ein bißchen glasig aussieht. Aber nicht kochen. Wenn der Pudding kühl ist, kommt ein Tropfen Bourbon-Vanille-Essenz dazu. Gesicht und Hals einreiben und mit Wasser wieder abwaschen. Den Pudding im Töpfchen verschließen, damit er nicht über Nacht antrocknet und hart wird.

Reinigungsmassage gegen ein trauriges Gesicht

Das Gesicht wird mit Öl massiert. Entweder mit einer Mischung aus Mandel-Walnuß-Öl oder Avocado- und Weizenkeimöl oder Olivenöl. Nehmen Sie nun Grapefruitsaft oder Zitronensaft auf die Handfläche und reiben Sie das Öl wieder ab. Mit den Mittelfingerspitzen kreisen, bis sich kleine dunkle Röllchen bilden. Das bringt die

Gesichtszüge wieder eine Etage höher. Außerdem macht diese Reinigung die Poren frei, verhindert Mitesser, und die Haut wird weich und geschmeidig. Hilft auch am Hals.

Fast-wieder-wie-neu-Reinigung

30 ml Mandelöl ◆ *10 g Bienenwachs* ◆ *10 ml Rosenwasser* ◆ *2 TL Lecithin CM* ◆ Ein paar Tropfen Essenzen je nach Hauttyp (siehe Seite 150). Wenn Sie das Bienenwachs von einem Spanienurlaub mitbringen oder beim Imker kaufen, ist es ein Stück mit Einschlüssen und riecht wunderbar nach Honig. Es wird mit dem Kartoffelschälmesser zerkleinert. Gefäß ins Wasserbad stellen, das Wachs schmelzen lassen, dann Mandelöl und Lecithin CM dazugeben. Das Rosenwasser muß handwarm gemacht und dann langsam unter Rühren dazugegossen werden. Alles vom Herd nehmen und rühren, rühren, rühren, bis die Emulsion langsam dicker wird und kälter. Dann erst die Essenzen dazutröpfeln, und wenn die Creme fertig ist, füllt man sie in Töpfchen. Töpfchen auf den Tisch klopfen, damit sich die Creme setzt. Wenn sie kalt ist, Deckel schließen.

Das ist eine gute Reinigungscreme, die man, dünn aufgetragen, auch als Gesichtscreme nachts nehmen kann. Für die Reinigung muß die Creme kreisend und langsam einmassiert werden, damit sich Staub, Hautfett und Stoffwechselschlacken lösen können. Dann mit einem warmen Lappen abnehmen.

Abschminksahne

Sahne und Vollmilch eignen sich sehr gut zum Abschminken. Entweder mit 1 Teelöffel Zitronensaft verrühren oder mit 1–2 Tropfen ätherischem Öl je nach Hauttyp (siehe Seite 150). Mit einem Wattebausch das Gesicht abreiben.

DAMPFBÄDER, *die* ABGRUNDTIEFE PORENSÄUBERUNG *und* STIMULIERUNG

Mit einer Handvoll Kräuter wird 1 l kräftiger Tee gekocht. Bis das Wasser soweit ist, kann die Haut mit einer Emulsion gereinigt werden. Gut spülen und feucht lassen. Sie können statt der Kräuter auch einige Tropfen ihrer Essenzen nehmen. Ab Seite 155 finden Sie die Beschreibungen. Den Kräutersud vom Herd nehmen und auf den Tisch stellen. Den Kopf darüberbeugen, ein großes Badelaken wie ein Zelt über Oberkörper, Kopf und Topf ausbreiten. Nicht zu nahe an den heißen Dampf herankommen, wenn die Haut zart, empfindlich und durchscheinend ist. Wenn der Dampf sich kühl auf dem Gesicht niederschlägt, in das Wasser hineinpusten. Der Dampf löst Gifte und Schmutz, besonders die Großstadtschmiere, und öffnet die Poren. Nach dem Dampfbad kaltes Wasser ins Gesicht klatschen, damit sich die Poren wieder schließen. Oder kaltes Essigwasser oder Zitronenwasser oder Kampferwasser (siehe Seite 58).

Das Super-Dampfbad für jede Haut

1 EL Salbei ◆ *1 EL Kamille* ◆ *1 EL Thymian* ◆ *1 EL Rosmarin* ◆ Alles aus dem Kräuterladen oder der Apotheke, aufkochen und verdampfen. Das hilft bei gestörter Hautfunktion und ist immer und für jede Haut gut. Kamille beruhigt und lindert Entzündungen, Salbei und Rosmarin sind adstringierend und straffen die Haut.

Feuchter Nebel für feinporige Ladies

Kräutersud aus je 1 EL Kamille, Lindenblüten, Lavendel, Melisse, Fenchel oder Augentrost ◆ Lindenblüte hat quellende und schweißtreibende Eigenschaften und reinigt deshalb sehr gut. Augentrost und Fenchel wirken entzündungshemmend und beruhigend. Das mögen die Augen besonders gern.

Dunst für Dickhäuter und junge Mädchen mit fetter Haut

Je 1 EL Rosmarin und Salbei, das wirkt adstringierend. Kamille durchblutet und ist entzündungshemmend, Lavendel beruhigt, und Rosmarin strafft die Haut und erfrischt.

Dampfbügler für faltige Nasen und Hälse

Salbei oder Heublumen: Salbei zieht die Poren zusammen, und Heublumen straffen die Haut. Zitronenschale, natürlich ungespritzte, kann auch noch mit ausgekocht werden, das fördert die Durchblutung.

Belebender Dampf gegen graue Haut

Rosmarin ◆ *Zitronenschale* ◆ *Heublumen* ◆ Aber es wirken auch schlichte erst heiße, dann kalte Kompressen mit einer feuchten Mullwindel. Immer mit der kalten Kompresse aufhören. Meerwasserkompressen sind gut, ebenso Regenwasser- oder Schneeabreibungen.

Heilender Hauch gegen Entzündungen

Überbrühte Pfefferminzblätter wirken besonders gut gegen Pickelchen und klären und kühlen angenehm die Haut.

TONICS *und* WÄSSERCHEN, ESSIGE *und* SPLASHS

Adstringierendes Gesichtswasser

100 ml destilliertes Wasser erwärmen ◆ *1 EL Honig darin lösen* ◆ *1 EL Obstessig* ◆ *1 TL Kampferspiritus aus der Apotheke* ◆ *1 TL Hamamelisextrakt* ◆ Alles miteinander vermischen und in eine Flasche füllen.

Gurke macht schön

Man nehme in jede Hand ein Gurkenende wie Rasierpinsel und massiere kreisend, besonders um den Mundringmuskel herum. Dann zum Doppelkinn, den Hals rauf und runter. Mit langen Gurkenschalen die Wangen auf und ab und bis zum Auge reiben.

Zitronenreinigung à la maison

Wenn man beim Kochen oder Backen eine Zitrone ausgepreßt hat, kann man die leere Hälfte aufschneiden und damit durchs Gesicht kreisen. Etwas Saft ins Gesicht einmassieren, mit warmem Waschlappen wieder rausrubbeln. Die Haut fühlt sich danach sauber und straff an, der Waschlappen kommt in die dunkle Wäsche.

Gesichtswasser für die fette, etwas schuppige Haut

Ein Bund frische Petersilie hacken und in 1 Tasse Wasser einen Tag lang ziehen lassen. ½ Zitrone auspressen, alles zusammenschütteln. Die Flüssigkeit im Kühlschrank aufbewahren, da hält sie sich ein paar Tage. Das Wässerchen bewahrt auch einen blassen Teint.

Kartoffel-Gesichtswasser

Von gekochten Kartoffeln das Kochwasser nicht weggießen! Einen Becher abfüllen und ein kleines Stück Kartoffel im Wasser vermusen. Dieses Kartoffelwasser wirkt beruhigend und hilft auf gereizten Stellen, bei Hautschorf und Jucken. Kartoffelwasser auf der Haut trocknen lassen.

Gurken-Gesichtswasser

Gurken durch den Mixer jagen, den Saft abgießen und als Gesichtswasser verwenden. Gurken-Gesichtswasser durchfeuchtet die Haut, belebt und strafft.

Erdbeerbowle für Schönheitsköniginnen

8 EL Erdbeeren (tiefgekühlte gehen auch) ◆ *8 EL Brandy* ◆ *1 TL Kampferkristalle aus der Apotheke* ◆ Erdbeermus mit Brandy bedecken, mit Gaze abdecken, warm stellen. Nach einer Woche durchseihen. Erdbeeren aufessen. Das macht einen warmen Bauch und gute Laune. Neue Erdbeeren hinein und die Kampferkristalle dazu. 48 Stunden stehenlassen, durchseihen, in eine hübsche Flasche füllen und verschließen. In der Flasche befindet sich nun ein gutes Gesichtswasser, das nicht zu scharf ist, denn der Alkohol ist weitgehend verdunstet. Mit den Erdbeeren in die Badewanne gehen. Den Matsch fest auf der Haut verreiben. Wer das nicht mag, wickelt ihn in Gaze und reibt dann damit den Körper und das Gesicht ab. Das macht einen rosigen Teint.

Zwiebeltränen gegen lästige Stellen

1 große Zwiebel zerschneiden und mit Honig leicht bedeckt in einem Glas verschließen. So lange, bis sie weint. Das wirkt gegen Entzündungen. Aber nicht nur auf der Haut. Man kann den Saft auch trinken. Er ist ein gutes Hustenmittel.

Old Spice, auf Korn gelegt

1 EL Nelke ◆ 1 EL Koriander ◆ 1 Bröckchen Muskat ◆ trockene Grapefruitschalen ◆ Alles im Mixer zerkleinern und in einem langweiligen Gesichtswasser ziehen lassen, dann wird es würziger. Oder in 100 ml Korn (40 Volumprozent) einlegen und in der Flasche 8 Wochen stehenlassen, dann ist es Old Spice. Die Zutaten können auch verdoppelt werden. Je nachdem, wie konzentriert Sie den Geruch mögen und wie lange die Gewürze schon bei Ihnen in der Küche herumstehen.

Gesichtswasser oder Augenkompresse

Schwarzer Tee ist wegen seines Tanningehalts ein gutes Gesichtswasser, bräunt ein bißchen die weiße Haut und schützt vor ultravioletten Strahlen. Teebeutel sind auch als Augenkompressen zu gebrauchen.

Tomaten-Tonic für unreine Haut

1 Tasse Tomatensaft (frisch oder aus der Dose) durch ein Haarsieb geben ◆ 1 TL Glyzerin
Alles zusammenschütteln und im Kühlschrank aufbewahren. Wer Gesichtswasser ein wenig fester in der Konsistenz mag, kann 1 Eßlöffel Gelin (Dr. Oetker) hinzufügen oder mit einem speziellen Gelbildner (siehe Seite 168) das Wasser etwas andicken. Das ist angenehmer beim Verteilen, und das Wässerchen läßt die Hornschicht aufquellen. Man sieht gleich etwas glatter aus, weil die ganz kleinen Fältchen flacher wirken. Bei sehr trockener Haut kann man auch 1 Teelöffel Pflanzenöl hinzufügen und gut schütteln.

Prinzessinnenwasser

Ohne Schirm in Wind und Regen spazierengehen, die Gedanken und die Haare fliegen lassen und die Regentropfen im Gesicht auffangen.

Supermarkt-Gesichtswasser

Apfelessig mit Honig gibt es fertig im Reformhaus und im Supermarkt. Nach zu viel Waschen oder Schwimmen tut das gut, denn es balanciert den Säureschutz der Haut wieder aus. Sprenkeln Sie ein paar Tropfen auf einen feuchten Wattebausch und nehmen Sie immer auch einen Schluck aus der Flasche. Der Inhalt ist sehr vitaminreich.

Rosenwasser mit Alkohol

17 EL Rosenwasser duften unschuldig und engelsgleich ◆ *10 EL Hamameliswasser beruhigen und sind gut gegen große Poren* ◆ *5 EL Alkohol desinfizieren* ◆ Alles zusammenschütteln. Dieses Wasser tut gut bei fetter großporiger Haut.

Minze-Obstessig-Gesichtswasser

3 Teelöffel zerbröselte Minzeblätter, frisch oder getrocknet. Wenn sie frisch sind, muß man mehr nehmen. Minze mit 100 ml kochendem Wasser übergießen und abkühlen lassen. Dann 2 Teelöffel Apfelessig dazu, und fertig ist der erfrischende Kräuteressig.

Fiore blue

5 ml medizinischer Alkohol (96 Volumprozent) ◆ *3 Tropfen Lavendel, 3 Tropfen Neroli, 3 Tropfen Kamille* ◆ *7 Tropfen Orange* ◆ *100 ml destilliertes Wasser* ◆ *8–10 Tropfen Allantoin zur Beruhigung* ◆ Die ätherischen Öle in Alkohol lösen, dann Wasser dazu.

Gesichtswasser für unreine Haut

1 TL Meersalz ◆ *125 ml Rosmarinaufguß oder ein anderer starker Tee aus Thymian, Salbei oder Kamille* ◆ *1 EL Obstessig* ◆ Das Salz muß in der Flüssigkeit gelöst werden. Immer gut schütteln vor Gebrauch. Das Salz löst Verhornungen.

Die Gesichtshaut muß besonders viel aushalten: trockene Zimmerluft, Umweltgifte, niedrige Temperaturen, Sonne, Hitze, Wind und Schmutz. Hautschutz und Hautpflege sind für den Tag ganz wichtig. Nachts sollte man der Gesichtshaut Entlastung gönnen, wenn sie nicht entsetzlich dürstet nach Fett. Nachts muß der Körper ausscheiden, auch über die Haut. Man sollte sie dabei nicht stören und zukleistern. Eine fette Haut zieht eine leichte Creme, eine wäßrige Milch oder gar ein Gel mit viel Wasseranteil vor. Die trockene oder ältere Haut mag fette, reiche Cremes oder ölhaltige Gele. Was immer man tags oder nachts gern benutzt, Cremes und flüssige Emulsionen funktionieren immer nach demselben Prinzip. Sie bestehen aus mehr oder weniger Fett und Wasser. Das ist in jedem Fall die Basis. Damit Wasser und Fett sich mischen, werden sie durch einen natürlichen oder chemischen Emulgator verbunden. Gel hat gar kein Fett; es besteht in der Hauptsache aus Wasser und chemischem oder natürlichem Verdickungsmittel. Die Wirkstoffe, die den Cremes, Milchen und Gelen zugefügt werden, sind variabel. Den Inhalt der Töpfe, Tuben und Flaschen macht hauptsächlich der Konsistenzträger aus, die Emulsion aus Fett und Wasser. Will man die Cremes nicht konservieren, sollte man sie immer nur in kleinen Mengen herstellen oder portionieren und verschenken. Ein bis zwei Wochen halten sie aber, wenn man bei der Herstellung sehr sauberes Gerät verwendet hat, im Kühlschrank auch länger. Wenn Sie kleine Portionen einfrieren, was mit den meisten Cremes möglich ist, können Sie sehr lange damit auskommen. Reine Fette und Öle sind sowieso monatelang haltbar. Wenn Sie Rosenwasser oder Orangenblütenwasser benutzen, ist es schon konserviert. Ein paar Tropfen Alkohol erhöhen die Haltbarkeit. Viele ätherische Öle haben konservierende Fähigkeiten, Benzoe zum Beispiel und Zimt, auch Vitamin E. Wer allerdings sogenannte Anti-Falten-Substanzen wie Kollagen oder Elastin in die Creme rührt, kommt ohne

Tag- und Nachtschichten

Konservierung nicht aus, weil es sich dabei um ein Eiweiß (tierisch) handelt, das sich sehr schnell zersetzt. Wenn Sie die Creme haltbar machen wollen, kaufen Sie sich ein mildes Konservierungsmittel (siehe Seite 171), wie es auch für Lebensmittel benutzt wird. Wenn die Creme ranzig riecht oder schimmelt, soll man sie nicht mehr benutzen. Doch falls eine Emulsion nicht gelingt, werfen Sie sie nicht weg, sondern rühren Sie irgendeine andere, fertige Creme dazu. Vielleicht läßt sie sich stabilisieren, sonst tragen Sie sie ins Badezimmer, wo sie in der Wanne oder unter der Dusche, mit Shampoo vermischt, noch verwertet werden kann. Gehen Sie verschwenderisch um mit frischen Salben, Cremes und Gelen, dann ist sowieso alles nach zehn Tagen verbraucht. Haben Sie für die Augenlider zuviel zartes Kühlgel hergestellt, verschenken Sie ein Töpfchen, und der Rest kommt zum Stylen ins Haar. Gel ist Gel. Die Gesichtscreme wird über Hals, Décolleté und Arme verteilt. Die Hände reibt man am Schienbein ab. Für die Zubereitung von Cremes brauchen Sie eine einfache Briefwaage oder eine genaue Küchenwaage, saubere Joghurtbecher oder Gläser, einen kleinen Meßbecher, Eierlöffel oder Plastikspatel, ein feuerfestes Glastöpfchen, das direkt auf der Herdplatte stehen kann. Das ist praktisch, aber ein Marmeladenglas im Wasserbad tut es auch. Zum Aufbewahren Ihrer selbstgemachten Kosmetik sollten Sie schöne alte und große Cremetöpfe, wie sie im Film auf Joan Crawfords Frisiertoilette standen, und Flakons aus Glas, Kunststoff oder Porzellan unbedingt aufheben oder sammeln. Tonics, Cremes, Gele, Lotionen werden immer umgefüllt, damit sich schon am Morgen ein Gefühl von Luxus und Grazie einstellt, wenn man die Cremes in eleganten Gefäßen erblickt: Die Edel-Kosmetik-Serie «Number One» ist nur für mich. Dieses Gefühl stellt sich schwerlich ein, wenn das rosafarbene Rosen-Gel im Joghurtbecher bleibt. Die Beschreibung der Inhaltsstoffe und ihrer Wirkung sowie Tips, wo Sie sie kaufen können, finden Sie ab Seite 152.

CREMA DELLA CASA

Coldcreme

7 g Walrat-Ersatz ◆ *5 g Bienenwachs* ◆ *30 g Mandelöl oder Jojobaöl oder Olivenöl oder was Ihrer Haut am besten gefällt* ◆ *12–20 g destilliertes Wasser* ◆ Die Fette und Wachse werden im Wasserbad vermischt und geschmolzen. Dann das Wasser erwärmen und die Fettphase vom Herd nehmen. Das Wasser nach und nach hineingeben, heftig und dauernd rühren, bis die Creme kalt und fest wird.

Mit 1 Tröpfchen Rose riecht die Salbe fein. Wer es liebt, mischt sich die Creme mit Olivenöl und einem Spritzer Zitronensäure aus der Plastikzitrone oder einem anderen Öl und fügt einen Kräuterduft von Kamille hinzu. Coldcreme ist die älteste Creme überhaupt. Es gibt Rezepte aus dem 2. Jahrhundert und seither in unendlichen Abwandlungen. Sie benötigt keinen Emulgator, muß aber – bei hoher Temperatur beginnend – lange und kräftig gerührt werden, damit sie nicht gerinnt. Wenn sich trotz aller Bemühungen etwas Wasser abgesetzt hat, lassen Sie sich davon nicht stören. Der Haut ist es auch egal.

Coldcreme ist die Grundlage für viele Rezepte. Sie hält ungefähr 2–4 Wochen. Ein Teelöffelchen Coldcreme wird mit einem ätherischen Ölgemisch (Beispiele siehe Seite 80) zur Muskelcreme.

Die All-over-Creme, aus der man alles machen kann

Auch diese Creme ist eine moderne Abwandlung der Ur-Coldcreme. Sie enthält einen Emulgator.

10 g Bienenwachs ◆ *5 g Walrat-Ersatz* ◆ *10 g Cetylalkohol (Wachsalkohol)* ◆ *150 g Mandelöl* ◆ *10 g Emulsan, das ist ein pflanzlicher Emulgator* ◆ *150 g Rosenwasser*

Die ersten fünf Zutaten im Topf schmelzen. Gleichzeitig das Rosenwasser erwärmen. Dann das Wasser langsam ins Fett rühren. Diese Creme gerinnt leicht, solange sie noch warm ist. Sie muß schnell im kalten Wasserbad gekühlt werden und dabei kräftig aufgemischt werden.

Man kann dann von der Creme etwas abfüllen und sie weiter verdünnen. In 100 g warme Creme werden 60 g warmes Wasser nach und nach eingerührt, dann hat man eine leichte **Tagescreme**. Mit noch mehr Wasser wird es eine **Reinigungsmilch**, mit noch größerer Verdünnung eine **Körpermilch**, und ganz dünn ist sie eine **Feuchtigkeitsmilch**. In die Tagescreme kann man 0,5 g, also ein paar Tropfen, Milchsäure einarbeiten, das ist gut gegen verhornte Haut und hilft beim Abschuppen. Oder Glyzerin, das Feuchtigkeit auf der Haut bindet, Vitamine oder Pflanzenextrakte. Man kann die Creme 1 : 1 mit Gel strecken, dann wird sie weniger fett, strafft besser und bildet keinen Glanz auf der Haut. Mit noch mehr Gel wird sie eine After-shave-Lotion.

Reiche Nachtcreme aus Tallinn

1 TL Butter ohne Salz ◆ *1 TL Öl* ◆ *10 g Honig mit Wabe* ◆ Im Topf im Wasserbad schmelzen lassen. Zuerst kommt der Wabenhonig in den Topf, dann das Öl, dann die Butter. Im kalten Wasserbad anschließend rühren, bis die Creme fest ist. Die Creme ist reich und weich und gut, aber die Estinnen aus Tallinn kaufen derzeit lieber in den großen Drogeriemärkten, die sich bei ihnen breitgemacht haben. Hoffentlich vergessen sie dieses schöne Rezept nicht.

Creme für Schnee- und Eiszeit und die harte Wetterfront

Im Winter nimmt man besser reine Fettcremes, wenn man nach draußen geht. Feuchtigkeitsfilme können unsichtbar frieren und die Haut rissig, spröde und trocken machen ◆ *2 Teile fertige Coldcreme* ◆ *2 Teile Vaseline* ◆ *1 Teil geschmolzene Butter* ◆ Alles verrühren. Die Creme ist auch gut für den Babypopo.

Ein Großmutter-Tip für den Winter: Bei verfrorener, rosiger, rissiger Haut das Gesicht 20 Minuten mit rohen Rindfleischstücken oder Roastbeef belegen. Das hilft, wenn es mal wirklich frostig war.

Sehr zarte, nicht fettige Gesichtscreme

1 TL Honig ◆ *1 steif geschlagenes Eiweiß* ◆ *ein paar Tropfen Mandelöl* ◆ Schlagen, bis die Masse cremig ist. Sie glättet und durchfeuchtet die Haut. Die Creme hält sich auch im Kühlschrank nur wenige Tage.

GESICHTSÖLE *für die ganz* SENSIBLEN

Die Eigenschaften und Wirkungen der verschiedenen pflanzlichen Basisöle und ätherischen Öle, der Vitamine und Pflanzenwirkstoffe werden ab Seite 152 beschrieben. Die Bezugsquellen finden Sie ab Seite 173.

Für Gesichtsöle werden ganz allgemein 30 g Pflanzenöl mit ätherischen Ölen gemischt, je nach Verträglichkeit und gewünschter Intensität. Probieren Sie verschiedene Kombinationen aus. Es gibt dünnflüssige, leichte Pflanzenöle und schwere, fette Öle. Auch ölige Kräuterauszüge, passend für jeden Hauttyp, die man in Cremes einrühren kann oder anstelle der Creme als fertiges Gesichtsöl aufträgt. Gesichtsöle ziehen besonders gut ein, die Haut glänzt nicht. Sie sind das Richtige für Menschen mit sensibler, trockener Haut, die keine Emulgatoren oder sonstigen chemischen Zusatzstoffe in Cremes vertragen. Wer mehr Feuchtigkeit braucht, kann eine Feuchtigkeitscreme darunter oder darüber auftragen. Wer ein festeres Gefühl auf der Haut mag, legt Gel über das Öl.

Gesichtsöl für trockene, ältere oder schlecht durchblutete Haut

1 Tropfen Patschuli ◆ *1 Tropfen Geranie* ◆ *2 Tropfen Lavendel* ◆ *30 ml Weizenkeimöl* ◆ Das ist ein vitaminreiches Gesichtsöl, das die Feuchtigkeit in der Haut hält und sie vor Rauch und starker Beanspruchung schützt.

Beruhigendes Gesichtsöl bei roten Äderchen und bei nervöser Haut

30 Tropfen Sojaöl ◆ *10 Tropfen Geranie* ◆ Couperose, das sind die feinen roten Äderchen im Gesicht, bekommen junge Leute selten. Meistens geht es ab Dreißig los mit den roten Stellen unter den Augen und auf den Wangen. Es handelt sich um eine Gewebsschwäche, die zu einer Erweiterung der Kapillargefäße führt. Diese Haut mag lieber leichte Produkte. Sie möchte nicht belastet werden, sonst wird sie noch röter, weil ihr die Luft wegbleibt. Keine Pfefferminze, kein Rosmarin in Cremes! Keine scharfen Gewürze, keine zu heißen Getränke, keine Dampfbäder, keinen Alkohol! Und immer ganz ruhig bleiben!

Gesichtsöl für die trockene, empfindliche Haut

10 ml Weizenkeimöl ◆ *10 ml Süßmandelöl* ◆ *10 ml Avocadoöl* ◆ *1 Tropfen Kamille* ◆ *1 Tropfen Orangenblüte* ◆ *3 Tropfen Sandelholz* ◆ *1 Tropfen Geranie* ◆ Dieses Öl nährt und glättet, regt die Hautfunktion an und wirkt gleichzeitig beruhigend.

Gesichtsöl für die fromme Helene

10 Tropfen Lavendel ◆ *5 Tropfen Geranie* ◆ 30 g Jojobaöl oder das leichte Sojaöl, denn die Haut ist übersäuert, weil Helene wieder zuviel Wein getrunken hat. Ihre Haut ist leicht fettig, unrein, rot und großporig.

Gesichtsöl gegen aufgedunsene Haut

30 g Sojaöl ◆ *20 Tropfen Sandelholz* ◆ Dieses Öl wirkt abschwellend und entquellend.

Schnelle Hilfe für alle trockenen Stellen am Körper

Vitamin-E-Kapseln aufpiken und auf die trockenen und rauhen Stellen am Hals und Décolleté verteilen. Man kann diese Kapseln überall anwenden. Auf der Handoberfläche, von der Nasenspitze bis zur Ferse. Rauf und runter. Wenn Sie 10 Tropfen Sandelholz mit dem Inhalt von zwei Vitamin-Kapseln mischen, ist die Wirkung stärker.

Straffendes Öl fürs Gesicht

10 g Nachtkerzenöl ◆ *10 g Haselnußöl* ◆ *10 g Jojobaöl* ◆ Wenn eines von diesen Ölen fehlt, macht das nichts, aber Nachtkerzenöl ist ganz wichtig. Das ist auch ein besonders gutes Öl für Hals und Décolleté. Dazu kommen an Essenzen: *7 Tropfen Sandelholz* ◆ *3 Tropfen Weihrauch* ◆ *3 Tropfen Karottensamen* ◆ *12 Tropfen Orange*

Klärendes Gesichtsöl für fette Haut und unreine Mischhaut

50 g Walnußöl, das ist leicht und zieht gut ein ◆ *3 Tropfen Zypresse* ◆ *5 Tropfen Wacholder* ◆ *1 Tropfen Sandelholz* ◆ *1 Tropfen Patschuli* ◆ *2 Tropfen Ylang-Ylang* ◆ *7 Tropfen Thymian* ◆ *10 Tropfen Basilikum* ◆ *5 Tropfen Lemongrass* ◆ Nehmen Sie die Öle, die Sie haben. Es müssen nicht alle sein.

Gesichtsöl für leicht allergische und empfindliche Haut

30 ml Johanniskrautöl ◆ 3 Tropfen Rose ◆ 1 Tropfen Kamille ◆ 2 Tropfen Ylang-Ylang

Gesichtsöl für sonnenverbrannte Haut

Johanniskrautöl mit ein bißchen Minzessenz und Aloe-vera-Extrakt gemischt, kühlt die rote Haut nach einem Sonnenbrand.

GEL, *der kühlende* GLATTMACHER

Gele sind besonders angenehm für fette Haut, da das Hautfett vom Gel absorbiert wird und nicht auf der Haut stehenbleibt. Gele kühlen und sind beliebt als After-shave-Lotion. Sie straffen und sind leicht, da sie nur aus angedicktem Wasser bestehen. Sehr dünne Haut ist nicht so scharf auf Gele, auch wenn diese Öle enthalten. Die dünne Haut ist schon gespannt und braucht eher Elastizität. Also lieber Cremes verwenden. Auch trockene Hände sollten nur obenauf mit Gel behandelt werden, da, wo sich kleine Fältchen bilden. Ab und zu kommt Gel auf das Décolleté, wenn man für einen Abend glatt sein will. Natürliche Gelbildner oder Verdickungsmittel sind Gelatine (Kollagen, Protein), Alginate, ein Extrakt aus Seetang und anderen Algen, Agar-Agar aus Rotalgen. Sie eignen sich alle zur Herstellung von Gelen. Probieren Sie auch Gelin aus der Dessertabteilung und gemahlene Gelatine mit Zitronen- oder Himbeergeschmack: für einige Rezepte sind sie gut geeignet. Es gibt auch chemische Gelbildner. Gele kann man ohne weiteres mit Ölen anreichern, sie verlieren dann nur ihre Transparenz. An alle Vegetarier: Gummibärchen sind tierisch. Gelatine wird aus Knochen und Bindegewebe gewonnen.

Grundrezept für Gel

½ TL Gelbildner PNC 430 ◆ *ca. 80 ml destilliertes Wasser oder 100 g nach Anweisung hergestellte Gelatine aus weißem Gelatinepulver* ◆ Nach und nach das Wasser in das Pulver rühren, bis das Gel die Konsistenz hat, die Ihnen gefällt, und schön klar und durchsichtig ist. Lassen Sie es ein paar Minuten ruhen, damit es nachquillt. Nachträglich kann man kein Pulver mehr einmischen, um die Substanz dicker zu machen. Das Gel ist fertig.

Bis jetzt ist das Gel aber ein feuchtes Nichts, das man höchstens in die Haare schmieren kann für eine Tangofrisur. Fügen Sie 6 Teelöffel Jojobaöl oder ein anderes Pflanzenöl hinzu und rühren Sie weiter.

Wenn man das Gel dünn verwendet, ist es ein schnell straffendes Tagesgel. Es sieht aus wie Pudding, glasig, milchig und mehr oder weniger dick, je nachdem, wieviel Wasser beziehungsweise Öl enthalten ist. Man kann das Gel weiter anreichern mit Wirkstoffen wie Vitamin A und B und D; statt Wasser zum Anrühren nimmt man Rosenwasser, Hamameliswasser oder Tee aus Kamille, Pfefferminze (nicht bei Äderchen) oder Rosmarin. Schwarzer Tee ist wunderbar für die Haut.

Aloe vera sollte man nicht hinzufügen, denn dann bricht das Gel und wird wieder flüssig, aber alle anderen Kräuterextrakte eignen sich. Ätherische Öle, ein bißchen Lebensmittelfarbe oder farbiges Öl wie das der Karotte oder farbige Essenzen wie römische Kamille sehen hübsch aus. So ein Ölgel hält sich unkonserviert knapp 14 Tage.

Rosarotes Magical Gel

½ gestrichener TL Gelbildner PNC 430 ◆ *50 ml Rosenwasser* ◆ Beides so lange kräftig verrühren, bis es ein schönes Gel ist. Oder ein anderes Verdickungsmittel wie zum Beispiel farblose Gelatinenach Anweisung mit dem Rosenwasser anrühren ◆ *4 Tropfen Rosenöl* ◆ *½ TL D-Panthenol.*

◆ *Die Beschreibung der Inhaltsstoffe und Tips, wo man sie kaufen kann, finden Sie ab Seite 152.*

Noch ist das Gel klar und durchsichtig und kann einen winzigen Tupfer rote Lebensmittelfarbe vertragen. Das sieht sehr hübsch aus in einem gläsernen Töpfchen. Fertig. Farben in Kosmetikartikeln sind nicht nötig, aber sie machen viel Freude, und mit Lebensmittelfarben ist der Spaß auch gut verträglich. Wenn Sie jetzt noch 1–2 Teelöffel Jojobaöl hinzufügen, wird das Gel milchig und reichhaltiger und besser geeignet für etwas trockenere Haut. Statt echtem Rosenduft, der sehr teuer ist, können Sie auch Eisenkraut oder Mandarine oder einen anderen Blütenduft nehmen. Ganz fein fühlt sich das Gel an mit einer Messerspitze Hyaluronsäure, die in ein paar Tropfen Alkohol gelöst und mit dem Gel vermischt wird.

Das Gel ist kühl und glättend, sanft duftend und macht die Haut feucht und geschmeidig. Für die zarte Haut an den Augen ist es ein sehr erfrischender Glattmacher, aber auch für das ganze Gesicht, wenn die Haut fett ist.

Auf die schnelle wie elf aussehen

1 Eiweiß steif schlagen und auf dem Gesicht verteilen. Nach 10 Minuten fühlt sich das Gesicht ganz dünn und klein an. Abwaschen. Das ist ein uraltes, wirksames Hausmittel zum Glätten und Straffen der Gesichtszüge.

Erfrischende Schockerschicht

Haargel (enthält meistens Alkohol) oder Sonnengel oder irgendein Gel aus Gelatine oder Agar-Agar oder ein gerührtes aus dem Verdickungsmittel PNC 430 ◆ 1 Prise in Alkohol aufgelöste Mentholkristalle oder 2 Tropfen der Essenz oder 2 Tropfen Minze oder beides und eine kleine Menge Öl. Alles ins Gel rühren und auf das Gesicht auftragen. Das schockt! Man spürt das Gesicht wieder. Nicht in die Augen kommen lassen! Am besten legen Sie sich zwei Wattepads auf die Augenlider. Dieser Fitmacher ist gut nach einer langen Nacht und wenn die lange Nacht noch bevorsteht.

ANWENDUNGEN, *bei denen man sich* NICHT *erwischen lassen sollte:* DIE PACKUNGEN

Gesichtspackungen gönnt man sich am besten in der Badewanne. Tür zu. Da kommt man bestimmt zur Ruhe, der Körper ist entspannt und auch das Gesicht.

Manche Packungen sind aus eßbaren Zutaten gemacht, und wenn man es geschickt anstellt, kann man die heruntergleitende Maske gleich vernaschen. Mit den Händen oder einem Waschlappen wird die Maske abgewaschen. Statt Waschlappen kann man auch die weißen großen Mullwindeln nehmen, die es im Dreierpack in der Babyabteilung im Kaufhaus gibt. Sie sind schön rubbelig und groß genug, um das ganze Gesicht zu bedecken, und man kann sie auskochen. Sie sind bei der Hautpflege sehr nützlich.

Für die spröde, glanzlose, empfindliche, schuppige, trockene Haut

½ TL Avocadoöl auf Gesicht und Hals verteilen. 1 Kapsel Vitamin E und 1 Klacks Feuchtigkeitscreme in der Handfläche mischen. Die Creme dick über das Öl verteilen. Entweder diese Packung 20 Minuten drauflassen oder alles lange und geduldig einmassieren, bis die Haut nichts mehr aufnimmt. Den Rest mit einem feuchten Tuch abnehmen.

Cremepackung mit Honig und anderen guten Sachen

1 Klacks von irgendeiner Creme ◆ *1 Kapsel Vitamin A aufschneiden oder ein paar Tropfen Karottenöl* ◆ *1 Kapsel Vitamin E* ◆ *½ TL B-Panthenol* ◆ *1 TL Honig* ◆ Alles mit 1 Eßlöffel Pflanzenöl verlängern und auftragen.

Über diese vitaminreiche Packung kommt nun ein heißer Lappen, der dafür sorgt, daß alles besser einziehen kann. Wärme entspannt auch die Gesichtsmuskeln. Die Packung wirkt Wunder bei beanspruchter Haut. Nach 20 Minuten hat sich die Haut genommen, was sie braucht.

Obstpackung für trockene Typen

Die trockene, wasserarme Haut braucht eine milde, feuchtigkeitsspendende, nährende Maske. Dafür sind Früchte die beste Grundlage. Zum Beispiel Pflaumen (Zwetschgen), Bananen oder Äpfel. Früchte zerkleinern oder entsaften. Den Saft trinken, das Fruchtfleisch verarbeiten. Für die Feuchtigkeit kommt Honig dazu und etwas Weizenkeimöl, wenn die Haut sehr trocken ist. Außerdem noch 2–3 Tropfen echte Rose.

Die echte Mayo-Maske

Auch geeignet für die trockene Haut, die danach rosig und weich wird. Mayonnaise – in der simplen Zusammensetzung aus Zitrone, Eigelb und Öl – ist eines der besten Hautpflegemittel, die es gibt. Fett, Lecithin, Vitamine, Fruchtsäure, mehr braucht die Haut im Prinzip nicht. Wer mag, kann etwas geriebene Zitronenschale hinzufügen. Die Maske macht die Haut straff und weich zugleich. Das Öl ganz langsam ins Eigelb tropfen, immer schlagen, bis die Mayonnaise dick wird. Mit Zitronensaft würzen. Die eine Hälfte auf Gesicht und Hals verteilen, die andere Hälfte in den Kartoffelsalat geben. Auch die Hände werden zart wie bei einer englischen Lady, wenn sie öfter eine Mayo-Packung bekommen.
Falls Sie ganz schnell mal eine solche Packung haben möchten und weder Zeit noch Lust haben, sie zuzubereiten, nehmen Sie ruhig gekaufte Mayonnaise aus dem Glas, wenn sie nicht zu arg gepfeffert ist. Säure, Salz, Eigelb, Fett: das löst die Hornschüppchen, und die Zutaten sind schließlich alle eßbar und können also auch auf die Haut. Aber nicht aus jeder Creme läßt sich eine Salatsauce machen!

Gurkenpackung und Dessert

10 ml Öl ◆ *20 g pürierte Gurke* ◆ *1 TL feines Hafermehl (Vollkorn schmeckt besser) oder Weizenmehl zum Andicken* ◆ Wenn die Packung runterrutscht, die Zunge um den Mund kreisen lassen. Schmeckt gut. Besser in der Badewanne zu genießen.

Klärende Kartoffelbreipackung

Ein Rezept für die Badewanne. 1 gepellte Kartoffel in Milch zerdrücken. In den warmen Kartoffelbrei 1 Eßlöffel Öl nach Wahl rühren und den Brei auf Gesicht und Hals verteilen. Das macht müde Haut wieder munter und beruhigt gleichzeitig gereizte Stellen.

Frühstückspackung oder glättende Bügelpackung

Hafermehl oder Haferflocken mit warmem Wasser und frischer Sahne vermischen. Kurz aufkochen, Honig dazu. Die eine Hälfte auf Gesicht und Hals verteilen. Die andere Hälfte mit Früchten zum Frühstück verzehren, während die Maske wahrscheinlich vom Gesicht auf den Teller nachrutscht. Vielleicht legen Sie die Maske doch lieber im Liegen und zu einem anderen Zeitpunkt auf. Die Maske strafft schön und klärt die Haut. Sie können auch Milchpulver und Wasser verwenden statt der Sahne.

Packung für die fette, glänzende, großporige, leicht entzündete Haut

1 EL Stärkemehl ◆ *1 EL Heilerde* ◆ *1 EL Fruchtsaft oder Kohlsaft* ◆ Kohl wirkt entgiftend. Die Packung ist rutschfest.

Algen-Power-Packung

Wenn das Gesicht müde ist und alle Vitalität verloren hat, kaufen Sie Spirulina, ein Algenpulver aus dem Reformhaus. Das Pulver wird mit Wasser angerührt und mit 1 Teelöffel Creme oder Gel gemischt. Als Gesichtspackung ist das ein altbewährtes Mittel bei Demineralisierung und Abgeschlafftheit. Algenpräparate dienen allgemein zur Nahrungsmittelergänzung, man kann sie aber auch in die Haare streichen oder ins Badewasser geben. Sie tun Haut und Haaren gut, kräftigen und beleben.

Evas Apfelglibber für trockene Haut

10–15 g geschlagene Sahne ◆ ½ Eigelb ◆ 10 g Leinsamen in der Kaffeemühle fein mahlen.
Leinsamen in warmem Wasser aufquellen lassen, dann mit Eigelb und Schlagsahne vermischen. Etwas Apfelpektin aus der Apotheke oder 1 Teelöffel feingeriebenen Apfel zufügen. Pektin erhöht die Feuchtigkeitsaufnahme der Haut. Sie können auch mal 3 Löffel Apfelmus mit 1 Löffel Öl mischen.

AHA, eine Obstsäurepackung

Man nehme Erdbeere oder Tomate oder Pflaume, Apfel, Pampelmuse, Apfelsine, Zitrone, Mandarine, Papaya. Jeweils ein Stück aufschneiden und im Gesicht kreisend über dem Waschbecken verreiben. Nach einer halben Stunde mit den Fingern abpeelen, besonders an Kinn, Nase und Stirn. Bei empfindlicher Haut warm abwaschen. Die Haut wird klar, weich, geschmeidig und gleichmäßig. Wenn man es täglich macht und zwei Wochen durchhält, verbessert das die Hautstruktur bei allen Problemen. Manchen kribbelt die Zitrone zu stark, oder sie reagieren allergisch auf Papaya. Dann mit klarem Wasser abwaschen und das nächste Mal eine andere Obstsorte wählen. Man muß es ausprobieren.

Bröckelmaske für die Akne-Haut

Bei Akne und unreiner Haut ist Bolus alba (Porzellanerde) das richtige Mittel, um die Haut zu entgiften. Dann noch etwas Bierhefe oder Backhefe dazu (wegen der Vitamine) und Kohlsaft, den man mit einem Entsafter gewinnt. Auftragen, trocknen lassen, bis sie beim Lächeln bröckelt, aber dann sich das Lachen verkneifen und die Packung abwaschen. Die Poren werden verfeinert, das Gewebe ist gefestigt und desinfiziert. 1 cm Ichthyoleum purum aus der Tube verstärkt zunächst die Entzündung, zieht aber beim nächsten Mal den Schmutz heraus. Ein Spritzer Zitrone oder etwas Fruchtpüree kann auch nicht schaden. Aber die Schokostreusel bitte weglassen. Wiederholen Sie die Prozedur eine Woche lang täglich. Wenn Sie ein feuchtes Tuch über die Packung legen, trocknet sie nicht so schnell an und kann länger wirken.

Kleiepackung für böse Haut

Den Saft der gemeinen Hauszwiebel, ein paar Spritzer Zitrone und Mandelmehl (Kleie oder geriebene Mandel) miteinander vermischen. Das ergibt eine gute Packung für pickelige Haut. Am besten lassen Sie sich von einem lieben Menschen bedienen, der Ihnen die entzündungslindernde Packung ins Gesicht streicht und dann ein heißes Tuch darüberlegt. Nasenlöcher und Lippen bleiben frei: 20 Minuten ziehen lassen.

Rezept von Teufels Großmutter für fettige Gesichter

Haferflocken in der Kaffeemühle verpulvern oder Heilerde mit ½ geschlagenen Eiweiß und einigen Tropfen Zitronensaft verrühren. 1 Messerspitze Schwefelpulver aus der Apotheke kommt hinzu. Den Brei satt übers ganze Gesicht verteilen. Ein warm-feuchtes Tuch drauflegen und nach 20 Minuten abnehmen. Nun ist die Haut rosig durchblutet und prickelt ein bißchen. Diese Packung duftet nach Hölle.

Die Fettmonsterpackung

Füttern Sie Ihr trockenes, gespanntes Gesicht mit 1 Eßlöffel Rizinusöl und 1 Eßlöffel Avocadoöl, aber bitte auch mit 1 Teelöffel Sahne.

Blüten-Kurpackung

Rosenblüten, Malven und Lavendel zu einem starken Tee aufkochen. Diesen Aufguß mit Heilerde anrühren. Das ist eine schöne Packung zum Regenerieren und während einer Aromamassage.

AUGEN, LIPPEN, ZÄHNE, HALS *und* DÉCOLLETÉ

Ein wacher, funkelnder Blick verrät mehr über die Persönlichkeit einer Frau, als ein langer schwarzer Schleier verbergen kann. Das wissen Frauen überall auf der Welt, und das wußten sie zu allen Zeiten. Frauen verstehen es, die Blicke der Männer auf ihre Augen zu lenken, deren verführerische Kraft sie mit viel Raffinesse und ein paar schminktechnischen Tricks betonen.
Einen tiefen Blick in die Augen werfen allerdings auch Psychologen und Heilpraktiker, wenn sie eine Krankheit diagnostizieren wollen, denn in den Augen spiegeln sich nicht nur Sinnlichkeit und Seele, sondern auch Störungen und Zustände des Körpers.
Wenn die Lider geschwollen sind, wenn der Blick müde wird und die zarte Haut sich gereizt rötet, liegt das oft an verrauchter Luft, an starker Sonne, an langer Bildschirmarbeit oder an salzigen Tränen. Da hilft am besten ein langer, erholsamer Schlaf. Aber auch Kompressen sind ein kühlender Segen und machen trübe Augen wieder klar und ausdrucksstark.

Augenkompressen

Zwei Teebeutel überbrühen, Tee trinken und die abgekühlten Beutel auf die Lider legen. Das Tannin im schwarzen Tee beruhigt angestrengte, müde Augen. Kamillentee oder Pfefferminztee erfrischen sehr.

Kühlung für Kateraugen

Zwei Bund Petersilie hacken und mit ¼ l kochendem Wasser übergießen und ziehen lassen. Das Petersilienwasser im Eiswürfelfach des Kühlschranks einfrieren. Mit den Würfeln die schweren, brennenden Lider erfrischen.

Gegen verweinte, dicke Augen

Wenn der Spätfilm wieder so furchtbar traurig war, daß die Augen am nächsten Morgen noch ganz verheult und geschwollen sind, helfen zwei Scheiben Baguette, mit frischem Kartoffelsaft (Kartoffeln reiben) und Sahne getränkt, die man sich für zehn Minuten auf die Lider legt.

Glättendes Gel für die Augen

Die Haut um die Augen herum ist dünn wie Pergament. Sie hat kein Fettgewebe, und deshalb müssen wir sie besonders pflegen. *1 Messerspitze Gelbildner mit 20 ml destilliertem Wasser anrühren (siehe Seite 44)* ◆ *ein paar Tropfen D-Panthenol* ◆ *ein paar Tropfen Meristem-Extrakt* ◆ *1 Kapsel Vitamin A aufstechen* ◆ *ein paar Tropfen Haselnuß- oder Walnußöl* ◆ Wirkstoffe ins Gel einarbeiten. Um die Augen herum dünn verteilen. Wenn es eingezogen ist, mit Aloe-Extrakt betupfen. Die Haut fühlt sich nach der Behandlung straff und glatt an. Die obere Hautschicht quillt leicht auf, und Fältchen verschwinden so für ein Weilchen.

Augenfältchencreme

1 EL fette Creme ◆ 1 TL Honig ◆ ½ TL geschmolzene Kakaobutter ◆ ein paar Tropfen D-Panthenol ◆ Alles verrühren und sanft von außen nach innen massieren. Dann das überschüssige Fett wieder abwischen, denn um die Augen herum soll man nicht soviel Fett stehenlassen, weil das die dünne Haut abdichtet und bei manchen Menschen zu Stauungen und Schwellungen der Lymphe führt, und außerdem kann das Fett in die Augen kriechen, und das ist sehr unangenehm.

Lipgloss mit roter Farbe

1 TL Rizinusöl ◆ 1 TL Vaseline ◆ 1 ½ cm Lippenstift oder Reste ◆ Alles schmelzen und etwas abkühlen lassen, 1 Tropfen Fenchel hineinrühren, umfüllen in kleine Näpfchen und bei offenem Deckel fest werden lassen.

Lippenpflege

1 Teelöffel Lanolin und 1 Teelöffel Vaseline schmelzen, wieder abkühlen lassen und 1 Tropfen Anis oder Fenchel hineinrühren. Umfüllen und bei offenem Deckel fest werden lassen.

Lippenpeeling

Einfach, effektvoll und schonend kann man die Lippenfransen und Hautschüppchen mit einem warmen Frotteewaschlappen entfernen. Die Lippen massieren und anschließend Honig auftragen oder Lippenpflegemittel.

ZÄHNE *zum* ZEIGEN

Zähne soll man nicht direkt nach den Mahlzeiten putzen, denn da ist durch Fruchtsäuren oder Wein der Säurezustand in der Mundhöhle verändert und der Zahnschmelz etwas angeweicht. Wer dann putzt, trägt auch ein bißchen Zahnschmelz ab. Eine halbe Stunde später haben die im Speichel befindlichen Mineralstoffe den Zahnschmelz wieder gehärtet, und die Bürste kann nichts mehr zerstören.

Zahnpasta

Schlemmkreide und Milchzucker 1:1 (Apotheke) ◆ *Thymianessenz oder Salbei* ◆ Das stärkt und desinfiziert das Zahnfleisch. Pfeffer-minze oder Menthol und ein wenig Zimt schmecken gut. Tenside zum Schäumen, künstliche Aromastoffe, Zucker und Konservierungsmittel brauchen wir nicht.

DER *zarte* HALS

Am Hals von älteren Frauen, im Décolleté und unter dem Busen bilden sich manchmal kleine Leberflecken, die abstehen. Das sind ganz harmlose Hautwucherungen, die im Volksmund «Zickentitten» heißen und wirklich nicht schön aussehen. Ein Hautarzt kann die Stelle mit Spray vereisen und mit einer Art Hobel die Wärzchen und Knubbelchen abtragen. Das geht schnell und ohne Blut.

Gel für straffe Hälse

Ein cremiges Gel, das die zarte Halspartie schützt, ihr Feuchtigkeit spendet und das Blüschen schont, da sie schnell einzieht. *Jojobaöl* ◆ *½ TL Gelbildner* ◆ *50 ml Hamameliswasser* ◆ Wasser schlückchenweise mit dem Pulver verrühren, bis die Konsistenz gut ist.

Dann 1 Teelöffel Jojobaöl dazu oder ein anderes Öl. Das Gel wird milchig und kann noch einen kleinen Duft vertragen, vielleicht 1 Tropfen Vanille aus der Backabteilung. Das Gel strafft und pflegt.

Halsöl, schön leicht

30 g Jojobaöl ◆ *2 Tropfen Geranie* ◆ *2 Tropfen Eukalyptus* ◆ *4 Tropfen Salbei* ◆ *4 Tropfen Bergamotte* ◆ *6 Tropfen Lavendel* ◆ Macht den Hals schön straff und schön weich. Wenn Sie intensiver pflegen wollen, tragen Sie das Öl zur Nacht dick auf und wickeln Sie ein warmes Tuch um den Hals. Nehmen Sie nicht mehr Bergamotte als angegeben, denn bei Sonnenlicht erzeugt diese Essenz Verfärbungen, wenn sie zu hoch dosiert ist.

Gel für Décolleté und Hals

Ein bißchen Gel anrühren (Rezept siehe Seite 44) ◆ oder *1 EL Gelin von Dr. Oetker* ◆ *½ TL Pflanzenöl* ◆ 1 Vitamin-E-Kapsel aufstechen und alles ins Gel rühren. Wenn Sie ein winziges Tröpfchen blaue Lebensmittelfarbe hineinkreiseln, sieht das Gel genauso hübsch aus wie ein ganz teures aus der Parfümerieabteilung. Auch die Haut auf dem Handrücken wird etwas glatter.

EIN PROBLEM, *das auf die* NERVEN *geht:* AKNE

Entzündete, picklige Haut kann einen fertigmachen. Oft beginnt die Qual im Pubertätsalter und dauert viele Jahre darüber hinaus. Manche haben die Pusteln nur im Gesicht, bei anderen blüht der ganze Oberkörper. Es gibt viele Märchen über dieses Leiden und nur wenige gute Tips dagegen. Früher sagte man, wer Akne hat, soll früh heiraten. Aber das ist kein guter Rat. Allerdings ist das Problem tatsächlich hormonellen Ursprungs. Akne entsteht durch zuviel Fett in der Haut. Dieses Fett produzieren die Talgdrüsen während der Pubertät im Überfluß. Manche Jugendliche sind aber überhaupt nicht betroffen, obwohl auch bei ihnen die Hormone toben und um die Balance ringen. Das liegt an den Genen, denn Akne ist Veranlagung. Allerdings kann Akne auch ganz plötzlich irgendwann ausbrechen, hervorgerufen durch Kontaktallergien, schlechte Ernährung, Streß und seelischen Druck. Von fettem Essen und Schokolade allein bekommt niemand Akne.

Jeder, der behauptet, ein sicheres Heilverfahren gegen Akne zu kennen, lügt. Das Beste, was man gegen Akne unternehmen kann, ist, das Gesicht sauberzuhalten und es sorgfältig zu pflegen. Hilfreich sind Vitamin A, Zink und Vitamin B 6. Obacht bei kommerziellen Mitteln, auch wenn sie der Hautarzt verschrieben hat! Sie sind oft viel zu scharf und belasten die ohnehin empfindliche Haut noch mehr.

Nicht quetschen! Nur mit einer desinfizierten Nadel anpiken, mit Wattebausch und Obstessig oder reinem Alkohol oder Kampferspiritus aus der Apotheke betupfen, auch rundherum. Klinisch war bisher nur die Behandlung mit Vitamin-A-Säure einigermaßen erfolgreich. Während der sechswöchigen Behandlung, die nur ein guter Hautarzt vornehmen kann, schuppt und schält sich die oberste Hautschicht ab.

Wenn man ab und zu eine Tiefenreinigung macht mit Dampf und Packungen, hilft das ganz gut. Zu empfehlen ist auch Hefe, sowohl Backhefe, frisch oder trocken, als auch Bierhefe. Hefe ist ein gutes, altes Hausmittel. Sie enthält viel Vitamin B und F. Innerlich und äußerlich angewandt, bindet sie Giftstoffe und wirkt regulierend auf den Hautstoffwechsel. Allerdings dauert eine Hefekur ein paar Wochen. Die englische Aromatherapeutin Micheline Arcier empfiehlt eine sehr strikte Diät, die aus Gemüse und Früchten besteht, besonders Papayas. Auch gekochter Reis mit Zwiebeln, drei Tage lang gegessen, entgiftet den Körper. Morgens eine Tasse Wasser so heiß wie möglich trinken, das regt die Blutzirkulation an und spült die Giftstoffe, die in der Nacht frei geworden sind, aus. Auch verdauungsfördernde Kräutertees helfen, besonders Thymiantee, der stark antiseptisch wirkt, oder Lindenblütentee, der beruhigt. Äußerlich wird das Gesicht abwechselnd mit einer Gesichtsseife und mit Kampfer-Reinigungsmilch gereinigt. Thymian-Gesichtswasser zur Reinigung, aus einem frisch zubereiteten Tee, hält ein paar Tage im Kühlschrank. Nur fettarme und antiseptische Cremes und Make-up auftragen. Alles muß austrocknend wirken, ohne daß die Haut gereizt werden darf. Die Haut darf sich ein bißchen schuppen. Gegen die Schuppung und trockene Gespanntheit soll aber keine fette Nährcreme eingesetzt werden, nur ein Gel.

Masken aus Erdbeeren, Kampfer, Chlorophyll sind angenehm bei Spannungen. Gesichtsöle, die sehr antiseptisch sind mit Thymian, Lorbeer, Rosmarin und Wacholder, tun gut. Sie werden mit Jojobaöl oder dem leichten Walnußöl zubereitet. Auf 30 g Öl kommen insgesamt 20 Tropfen Essenzen.

Für den Körper sind beruhigende Badeöle, zum Beispiel mit Lavendel und Vetivert, angebracht. Lavendel kann man sich auch öfter auf den Solarplexus reiben. Das beruhigt das Nervensystem und harmonisiert.

Meersalzbäder sind stark entfettend. Eine psychische Begleitung oder autogenes Training sind zu empfehlen, denn Akne-Patienten fehlt häufig die innere Balance.

Wer Akne hat, sollte öfter zu einer Kosmetikerin gehen, die eine gründliche Zusatzreinigung macht. Außerdem entspannt die Behandlung.

Die meisten Hautkliniken bieten Beratungsstellen für Akne-Patienten an.

Lavendelwasser für ungeduldige Quetscher

Wer es nicht lassen kann, Pickel auszudrücken, soll besser ein sauberes Papiertaschentuch um die Fingerspitzen wickeln. Nach der Operation die Stelle öfter mit einem Wasser betupfen, das aus 1 Teelöffel Kampferwasser mit 3 Tropfen Lavendel besteht.

Kampferwasser

100 ml Rosenwasser oder Hamameliswasser oder beides ◆ *ein paar Tropfen Kampferkristalle in 10 ml Alkohol (96 Volumprozent) gelöst* ◆ *ein paar Tropfen Milchsäure* ◆ Alles zusammenmischen.

Auf die schnelle auf die Stelle

Teebaumöl, direkt auf die Pusteln getupft, hilft. Es brennt nicht. Knoblauchsaft, Petersiliensaft und Wasserkressesaft können zur örtlichen Behandlung von Akne auch benutzt werden.

Grimmiges Wasser gegen Pickel

15 Tropfen Benzoetinktur ◆ *1 Glas destilliertes Wasser oder Orangenblütenwasser* ◆ *3 Tropfen Glyzerin* ◆ *3 Tropfen Myrrhentinktur* ◆ Das wirkt stark zusammenziehend.

SPEZIELL *für das* MANNSGESICHT

Männer pflegen sich neuerdings und Gott sei Dank auch ganz gern. Sie beduften sich und tun etwas für ihre gepflegte Ausstrahlung, die im Beruf ebenso wichtig ist wie privat. Sie wollen optisch anziehend, wenn nicht gar erotisch wirken. Die Rasur und das Beißwässerchen danach reichen ihnen nicht mehr. Das ist aber noch nicht lange so, das muß einmal gesagt werden. Und die meisten von ihnen trauen sich auch heute noch nicht zur Kosmetikerin, weil sie meinen, es sei unmännlich, wenn sie viel Wert auf äußere Gepflegtheit legten. Da sollten Sie vielleicht ein bißchen nachhelfen, denn Männer kommen von sich aus selten auf die Idee, mal zwischen Eau de Cologne und alkoholfreier After-shave-Lotion zu variieren oder sich eine Feuchtigkeitsmilch zu genehmigen. Manch einer geht lieber mit einem frisch rasierten Gesicht, dessen Haut stark gereizt ist und einen trocken-schuppigen Grauschleier hat, unter die Menschen, als sich in der Parfümerie über Weiberkram wie Hautpflege belehren zu lassen. So kommt es, daß das männliche Duftrevier in den meisten Badezimmern auf ein kleines Rasiereckchen beschränkt ist.

Es muß etwas getan werden für die kosmetische Emanzipation der Männer! Damit sie sich selbst wohler fühlen in ihrer Haut und damit Frauen noch mehr Gefallen an ihnen finden.

Männliche Haut hat auch im Gesicht ein kräftigeres Bindegewebe als weibliche Haut, aber sie ist ebenso sensibel und reizanfällig. Blonde, hellhäutige Männer sind manchmal sogar ganz empfindlich und haben erweiterte Äderchen auf den Wangen. Sie reagieren mit Flecken auf Kälte und Hitze, Nervosität und Alkoholisches, das von außen oder innen kommt. Die dünne Gesichtshaut wird leicht trocken und schuppt. Ein Peeling ab und zu wird guttun. Zeigen Sie ihm, wie es geht.

Beruhigendes Blütenwasser für die empfindliche dünne Rothaut

50 g Hamameliswasser ◆ *75 g Orangenblütenwasser* ◆ *1–5 Tropfen Orange* ◆ *5 Tropfen Benzoetinktur* ◆ Benzoetinktur erst mit dem ätherischen Öl mischen, dann in das Wasser gießen. Kräftig schütteln.

Gesichtswasser aus dem Jungbrunnen

50 ml Rosenwasser ◆ *50 ml Orangenblütenwasser* ◆ *½ TL Bienenhonig* ◆ *10 ml Alkohol (96 Volumprozent)* ◆ *ein paar Mentholkristalle* ◆ Den Honig in dem leicht erwärmten Wasser schmelzen, dann das Menthol im Alkohol lösen und alles zusammenmischen. Mit 5 Tropfen Melisse beduften oder mit ein paar Spritzern vom Lieblings-Eau-de-Cologne. Das Wässerchen ist mild und fein und belebt die müde Haut.

Balsam nach der Rasur für trockene Haut

½ TL Gelbildner (siehe auch Seite 44) ◆ *50 ml destilliertes Wasser* ◆ *2 Vitamin-A-Kapseln* ◆ *3 Vitamin-E-Kapseln* ◆ *1–2 Tropfen Karottenöl* ◆ *20 ml kosmetisches Haarwasser* ◆ *3 Tropfen Sandelholz, Minze zum Erfrischen oder Vetivert zum Beruhigen* ◆ Gelbildner und Wasser nach und nach zusammenrühren. Eventuell mehr Wasser nehmen, je nachdem wie fest das Gel werden soll. Die Vitamin-Kapseln öffnen und mit dem Karottenöl vermischen. Ätherisches Öl im Alkohol lösen, alles zusammenrühren. Das ist ein sehr vitaminreiches Gel, das die Haut schützt und weich macht und schön gelb aussieht. Mit 1 Teelöffel Pflanzenöl wird das Gel noch samtiger.

Öl für ein schuppiges Gesicht

10 ml Mandelöl ◆ *20 ml Haselnußöl* ◆ *1 Tropfen Kamille* ◆ *1 Tropfen Neroli* ◆ *3 Tropfen Sandelholz* ◆ Dieses leichte Gesichtsöl nährt und glättet den Naßrasierer. Es wirkt beruhigend und zieht gut ein, ohne zu glänzen.

Beißwasser nach der Rasur für fette Haut

10 Tropfen Lorbeer ◆ *10 Tropfen Rosmarin* ◆ *10 Tropfen Salbei* ◆ *30 Tropfen Orangenblüte* ◆ *30 Tropfen Lemon* ◆ *30 Tropfen Bergamotte* ◆ Ätherische Öle in 80 ml 96prozentigem Alkohol lösen und mit 20 ml destilliertem Wasser verdünnen.

After-shave-Gel für die fette, etwas unreine Haut

2 TL Gelbildner mit 50 ml Orangenblütenwasser nach und nach zu einem Gel verrühren (siehe auch Seite 44) ◆ *10 Tropfen Lavendel* ◆ *2 Tropfen Patschuli* ◆ *2 Tropfen Pfefferminze* ◆ *6 Tropfen Sandelholz* ◆ *6 Tropfen Limette* ◆ *2 Tropfen Vanille* ◆ In 10 ml 96prozentigem Alkohol lösen und mit dem Gel vermischen. Das ist ein milchiges, kühlendes, fettfreies, mildes, glättendes After-shave. Es fühlt sich an wie dickes Wasser. Wer mag, kann auch 10 ml Öl hinzufügen, dann wird das Gel geschmeidiger.

Gesichtsöl gegen verschlackte Haut

10 ml Mandelöl ◆ *3–4 ml Karottenöl* ◆ *10 ml Walnußöl* ◆ *1 Tropfen Geranie* ◆ *1 Tropfen Wacholder* ◆ *1 Tropfen Salbei* ◆ *2 Tropfen Sandelholz* ◆ 1 Kapsel Vitamin E aufpiken und reindrücken. Karottenöl ist besonders beliebt als Tagesschutz bei Männern. Es tönt zart und hinterläßt keinen Fettglanz. Aber nicht den Hals einreiben. Die Farbe geht an den Kragen!

COLOR ME BEAUTIFUL

Wollen Sie sich heute verändern? Wollen Sie die schönen Seiten Ihrer Gestalt betonen und die weniger geglückten verdecken, verstecken und übertünchen? Wollen Sie auffallen, schillern und auf keinen Fall übersehen werden? Gehen Sie erstmal zum Friseur.

Dort wartet ein ganzer Stapel Frauenzeitschriften, randvoll mit Schminktips und Modetrends. Greifen Sie zu und rascheln Sie in Windeseile einmal durch jedes Heft. Das ist anregend, aber es lohnt nicht, sich alle Trends und Moden zu merken. Träumen Sie statt dessen beim Einmassieren der Haarpackung vor sich hin und schwelgen Sie in Vorfreude.

Es ist aufregend und etwas schwieriger, den ganz großen Auftritt zu wagen. Sich unsichtbar zu machen ist dagegen keine Kunst. Mit klassischen Kleidern, blassem Make-up, dezentem Schmuck und mit einer Haarfarbe wie Bodenbelag ist man niemand und kann glatt an einem Abend verschwinden, ohne daß es einer merkt. Für den größeren Auftritt besinnen Sie sich auf ein paar Dinge, die Sie immer schon wußten und auf die Sie sich verlassen können. Fragen Sie nicht: Welchem Trend und welcher Mode folge ich heute? Fragen Sie lieber: Was ist der Trend meiner Natur? Bin ich leicht, bin ich schwer, bin ich locker, laut und gut gelaunt, oder bin ich solide und eher dezent?

Außerdem: In welchem Licht werde ich stehen? Strahlen Scheinwerfer, oder glühen Männeraugen? Funzelt eine Kerze, oder stehen alle in der kalten Neonküche herum? Komme ich heute dicht an jemanden heran, oder bleibe ich auf Distanz?

Treffe ich mich mit meinen verrückten Freundinnen, denen ich was zum Lachen bieten könnte mit Bananenhütchen und Täschchen in Form eines Krokodils?

Wird das eher ein offizielles Programm mit Reden und Schlemmerschnittchen? Dann bloß kein schrilles Outfit vorführen, sondern lieber mit dezent bemalten Lippen und ausdrucksstarken, wachen Augen dabeisein.

Sitze ich ihm im schummrigen Kerzenlicht endlich gegenüber, oder nervt uns die Kerze schon seit zehn Jahren? Dann wird es entweder der erotische, geheimnisvolleund romantische Auftritt, oder ich erscheine freundlich und flauschig und trage nicht so dick auf.

Will ich heute abend so verführerisch wirken, daß alle mich begehren und auch die Langweiler scharf werden, oder will ich einen eher unnahbaren Eindruck machen? Die Signale müssen unmißverständlich ankommen: deutlich zeigen und betonen, was da ist und schön ist, oder nachlässig und nebenbei zeigen, was da ist und schön ist und keineswegs irgend jemandem zur Verfügung steht.

Wenn diese Fragen geklärt sind, können Sie sich gelassen unter die Trockenhaube begeben. Der Rest wird zum Vergnügen, der die Vorfreude erhöht, denn mehr als ein Dutzend wichtige technische Tricks halten auch tausend Frauenzeitschriften nicht bereit. Und diese Tricks sind schnell gelernt.

Make-up allgemein

Das Gesicht wird immer in ungefähr dem Licht geschminkt, in dem später der Auftritt stattfinden soll. Licht schluckt Farben, dementsprechend kann die Farbe intensiviert werden.

Das Make-up soll den Teint nur ausgleichen, Mängel überdecken, nicht aber den eigenen Schimmer nehmen. Also lieber dünn tupfen als fest einreiben.

Bei Tageslicht muß man mit Farben vorsichtig sein, denn es enthüllt gnadenlos jede unnatürliche Färbung. Falsche Farben lassen das Gesicht älter aussehen.

Das Make-up darf nicht zu dunkel sein und wird deshalb an der Handgelenkinnenseite getestet. Lieber noch etwas Rouge oder Braun wie Ägyptische Erde darüberlegen.

Bei einer hohen Stirn muß auch Farbe in den Haaransatz gestrichen werden.

Bei zu großem Kinn sollte ein Klecks Make-up drauf: dunkel zaubert weg, hell zaubert hervor. Ein Tupfer Rouge, auf dem Kinn verrieben, läßt die Müdigkeit aus dem Gesicht verschwinden.

Trägt man ein sehr farbenprächtiges, auffälliges Gewand, müssen besonders Augen und Mund stark und in den gleichen Farben geschminkt werden oder in Kontrastfarben. Die Farben von Kleid oder Oberteil werden mit einbezogen in das Gesicht, weil man sonst nur das Gewand sieht. Die ganze Erscheinung muß ein Gesamtkunstwerk sein, sonst ist der Auftritt am Ende nur der Auftritt einer Bluse oder Handtasche.

Ausdrucksvolle Augen

Augenbrauen kann man mit einem sehr abgenutzten Wimperntuscher selbst färben, aber besser ist es, das der Kosmetikerin zu überlassen. Eine solche Korrektur macht viel aus bei farblosen Gesichtern. Die Augenbrauen werden modelliert, aber sie dürfen nicht zu dünn gezupft werden, weil auf Dauer nicht alles nachwächst – und was macht man dann, wenn breite Balken wieder modern sind! Lidschatten wird immer schnell und dünn mit dem Ringfinger verteilt, denn das ist der zarteste und empfindlichste Finger, der am leichtesten huschen kann. Die Farbe soll zu den Augen oder zum Kleid passen, sie darf etwas dunkler sein.

Die beim Schlupflid nicht ausgeprägte Lidfalte läßt sich leicht hinmogeln, indem man zuerst das ganze Lid hell ausmalt und dann mit einem dunklen Eyeshadow über der Lidfalte eine weiche Schattenlinie zieht. Parallel zu den Augenbrauen. Die Linie muß wirklich weich sein, also wird sie nach oben und unten hin mit einem Wattestäbchen verwischt.

Dann kommen der Lidstrich und das Mascara. Am besten lassen sich die Wimpern immer noch mit Spucktusche und Bürstchen färben, weil sie dünn ist und nicht die Wimpern verklebt.

Mascara wird nach außen gebürstet, zum Ohr hin, dann wirken die Wimpern länger. Der schwarze Lidstrich kommt direkt an die äußere obere Wimpernkante. Unten muß man vorsichtig sein. Die Farbe muß richtig in die Härchen gepinselt werden. Das gibt den Augen das gewisse Etwas bei gewissen Gelegenheiten.

Grelle Farben wie blaue Wimperntusche und Lidschatten sollte man im Zweifelsfall weglassen, weil das nur gut aussieht, wenn es sehr gekonnt gemacht ist, mit mehreren Farben übereinander. Eine einzige fremde dominante Farbe auf den Augenlidern sieht scheußlich aus. Da ist es schon besser, nur die Augen mit einem Kajalstift dunkel zu umrahmen und etwas Rouge aufs Lid zu reiben. Stehen die Augen zu eng zusammen, kann die Augenhöhle innen aufgehellt werden. Bis zur Mitte vom Augenoberlid, unten nicht. Das äußere Lid wird etwas verdunkelt und verlängert, oben und unten mit Lidstrich eingerahmt. Für den Abend etwas dunklen Puder in die Lidfalte geben.

Die äußere Hälfte des Auges wird farblich passend zum Auge oder zur Kleidung schattiert. Das sieht dann nicht geschminkt aus, sondern wirkt, als habe man nur die Augenfarbe intensiviert.

Sinnlicher Mund

Damit der Lippenstift, besonders der dunkle, nicht in die Lippenfältchen zieht und ausfranst, muß man die Lippenkontur vorher mit einem Wachsstift einreiben oder mit einer Kerze aus Bienenwachs. Es geht aber auch mit jeder Art von Gel, sogar mit Haargel. Das blockt und schließt die Rillen, strafft und glättet. Das macht man noch vor dem Make-up.

Make-up auf den Lippen sorgt dafür, daß der Lippenstift länger hält. Das Make-up verbindet sich wie Doppelkleber mit dem Stift. Wenn die Oberlippe klein ist, mit Lidschattengrundierung, einem hellen Konturenstift oder Abdeckstift den Rand aufhellen, damit die Lippe größer wirkt. Bei grauen, schwarzen und grünen Kleidern darf der Lippenstift leuchten, auch Glitzerkette, Schal und lackierte Nägel passen gut dazu.

Für einen verführerischen Mund und eine erotische Ausstrahlung werden die Konturen der Lippen mit einem Konturenstift eine Spur überzogen und dann mit einer kräftigen Farbe ausgemalt. Der Teint bleibt eher blaß, und auch die Augen werden nicht zu stark betont.

Bei einem speziellen Rot in der Kleidung ist es wichtig, entweder genau den gleichen Ton zu treffen oder eine richtige Kontrastfarbe zu wählen. Wenn das nicht möglich ist, umranden Sie den Mund lieber nur dunkel und verteilen Sie Gloss in der Mitte. Wenn das sorgfältig gemacht ist, erweckt es bei anderen nicht nur den Eindruck von gutem Geschmack und gepflegter Eleganz, sondern wirkt auch wach und unterstützt den Wunsch nach Sichtbarkeit.

Stil und Farbe

Die Farb- und Stilberaterin hilft dabei, festzustellen, welcher Typ sich aus dem Zusammenspiel von Haut-, Haar- und Augenfarbe ergibt und welche Farben ein Gesicht leuchten lassen, beziehungsweise welche Farben man meiden soll, weil sie das Gesicht müde und blaß erscheinen lassen. Nur wenige Menschen lassen sich ganz leicht den vier Grundtypen zuordnen, die meisten stehen irgendwo dazwischen. Wenn Sie sich erkennen, um so besser. Gelingt es Ihnen nicht, mit dieser kurzen Zusammenfassung den eigenen Farbtyp zu finden, sollten Sie sich den Gang zur Farbberaterin leisten. Der Besuch kann zu einer Wende in Ihrem Leben führen, wenn Sie sich mehr nach der Mode gerichtet haben als nach Ihrem eigenen Trend und dabei nie zufrieden waren mit Ihrer Erscheinung.

Der Frühlingstyp

Das ist die Frau mit dem hellen, transparenten Teint und den zarten rosa Wangen. Das Haar ist rotblond oder goldblond, manchmal kupfern schimmernd oder goldbraun. Die Augen sind hell und glasklar wie der Ozean. Grün, blau, türkis, auch bernsteinfarben oder golden wie bei einem Steiffbären.

Ihr stehen alle zarten, warmen, goldenen Pastellfarben: Lachs, Elfenbein, Pfirsich, Lindgrün, Honig. Schwarz und Schneeweiß sind zu kalt für sie. Auch alle kühlen Farbtöne, hellblaues und silbriges Make-up passen nicht zu ihr. Lippen und Nagellack sehen bei dieser Frau am besten aus, wenn die Farben weich und warm und hell sind: Koralle, bräunliches Rot, Goldorange.

Der Sommertyp

Das ist die Frau mit der kühlen Hautfarbe. Hell, mit zarten Elfenbeinwangen, vielleicht auch mit Sommersprossen. Sie wirkt leicht farblos, auch wenn sie braun gebrannt ist. Das Haar ist aschblond oder graubraun. Manchmal hat es auch einen rötlichen Schimmer. Die Augen sind blaugrün, grüngrau oder braungrün. Sie haben manchmal einen grauen Rand um die Pupille herum. Mint, Lidschatten, auch gedämpfte violette Töne stehen ihr.

Die Sommerfrau kann alle kühlen, zarten und gebrochenen Farben tragen wie Rosa, helles Blau, Weinrot, Blaugrün oder Wollweiß.

Zu ihr passen pflaumenfarbener Lippenstift, Bordeaux und rauchige, silbrige Lidschatten, altrosa oder violetter Nagellack – alles, was einen Blauschimmer hat. Reines Weiß, Schwarz und gelbstichige Farben stehen ihr nicht.

Der Herbsttyp

Das ist die Frau mit den warmen, goldenen und kräftigen Farben. Ihr Teint ist beigebraun, goldig mit Sommersprossen. Die Haare schimmern rötlich, auch wenn sie blond oder braun sind. Die Augen haben eine warme Farbe: Gold, Braun, Dunkelgrau oder Bernstein, aber auch Grün oder Türkis. Alle Lidschatten in goldenen Grün- und Brauntönen und Goldschimmer stehen dieser Frau, aber kein schwarzer Lidstrich und keine weiße Bluse. Alle Goldtöne passen zu ihr, auch Rost oder Flaschengrün. Rothaarige sollten ganz bewußt den keltischen Ausdruck steigern, vielleicht mit Maisgelb, orangefarbenem Lippenstift, kräuseligen Haaren. Blaustichige Farben sind nichts für sie. Nagellack und Lippen sind hübsch in Orangerot, Rostrot und Tomatenrot.

Der Wintertyp

Das ist die Frau mit den eindeutigen Farben, blaustichig wie bei der Sommerfrau, aber kräftiger. Sie hat eine Haut «weiß wie Schnee», Lippen «rot wie Blut» und Haare «schwarz wie Ebenholz». Die Gesichtsfarbe ist immer kühl und hell, weißlich oder hell-oliv. Sie kann es sich leisten, sich effektvoll zu schminken. Die Augen strahlen blau oder grau, dunkelbraun oder hellbraun. Der Winterfrau steht auch ein schwarzer Lidstrich. Das Haar ist meistens dunkel: schwarz, dunkelbraun, aschbraun, oft schon früh und stark ergraut.

Reine, kräftige Farben wie Blau, Grün und Rot und Zitronengelb kann sie gut tragen, auch Schwarz und Weiß. Alle kalten Farben stehen ihr, nur keine gelbstichigen Töne, kein Gold, kein Braun. Zu ihr paßt der blutrote Lippenstift, auch lila und pinkfarbener Nagellack und silbrige Lidschatten.

2

VON *oben* BIS *unten* DER *Körper*

Kosmetikfirmen haben sich besonders intensiv derjenigen Körperteile angenommen, über die sich die meisten Frauen ärgern, und entwickeln laufend Produkte, mit denen sie dem Problem zumindest werblich zu Leibe rücken können. So grämt sich, alle Jahre wieder, wenn die Freiluftsaison beginnt, fast jede Frau, weil es auch diesmal nicht gelingen will, zum Beispiel der schwabbeligen Cellulitis den Garaus zu machen. Und das, wo doch die Cellulitis beinahe so etwas wie ein sekundäres Geschlechtsmerkmal der Frau ist. Dabei scheint der Kampf der guten Kosmetikindustrie gegen häßliche Problemzonen an weiblichen Leibern im Prinzip doch schon gewonnen zu sein, wenn wir den Versprechungen der Kosmetikindustrie glauben können. Allerdings erinnern die Ausführungen der smarten Presse-Werbe-und-PR-Leute von großen Kosmetikfirmen oft stark an Weltraum-Märchen wie «Krieg der Sterne»: Da lösen Alpha-Hydroxyd-Acids und Koffein, das sind die Guten, die obere Hornschicht der Haut, ätzen und schmelzen zusammen mit Lipiden, das sind auch Gute, ohne Umschweife die verhornten Schuppen, das sind die Bösen, hinweg und ziehen so, die geringeren Feinde hinter sich lassend, direkt gegen den Endgegner in die Schlacht: das Fett-

Leiber

und-Wassergeknote. Die siegreichen Guten teilen und vernichten die bösen Fettzellen, während die niedliche, kleine Cola-Nuß den Blutzirkulator in Gang setzt, Guarana, der Aktivator, den Stoffwechsel der Haut überpowert, dabei Adrenalin freisetzt, das den Fettkern in einem Arbeitsgang minimalisiert und abtransportiert, und zwar nach innen. Von dort kann die befreite Frau einfach alles ausscheiden. Sodann eilen die guten Geister Zypresse und wilder Wein herbei, um die inzwischen vom bösen Fett geleerten Gefäße wieder zu verengen. So einfach ist es leider nicht. Cellulitis und Reithosen sind Veranlagung. Wenn Sie dazu noch rauchen, viel Alkohol trinken, zu dick sind und sich zuwenig bewegen, kann Ihnen eine teure, harmlose Creme-Kur überhaupt nicht helfen. Wenn Sie sich aber sportlich bewegen, gut ernähren und entschieden abspecken, können Sie mit regelmäßiger Massage durchaus das Gewebe stimulieren und die Entschlackung, die beim Abnehmen einsetzt, von außen unterstützen. Nicht mehr und nicht weniger.

Abnehmen ist der erste Schritt

Viele Frauen finden, daß sie zu dick sind, und hätten gern ein paar Pfunde weniger. Abgesehen davon, daß die meisten Diäten in ihrer Wirkung fragwürdig sind, ist es auch schrecklich für eine begnadete Köchin und lustvolle Esserin, sich wochenlang mit dem Gedanken an pulverisiertes oder minimiertes Essen zu beschäftigen. Auch ein Saft-Reis- oder Obsttag hat wenig Verlockendes, und so bleibt es häufig bei dem Wunsch – und bei dem Streß, daß der Wunsch nicht in Erfüllung geht.

Wer ganz schnell nur ein paar Pfunde loswerden will, mag die folgende Diät für ein paar Tage ausprobieren. Sie stammt aus Toronto und ist über eine Kette von Leuten, die sie ausprobiert und weiterempfohlen haben, zu uns gelangt. Die Diät hat zwei Kilo in zwei Tagen verschwinden lassen und sieben bis zehn Pfund in der Woche.

Die Wundersuppe und Diät des Toronto General Hospital

3 große Zwiebeln ◆ 1 ½ große Dosen Tomaten ◆ 1 kleiner Weißkohl ◆ 2 Paprikaschoten ◆ 1 Bund Stangensellerie ◆ 4 Mohrrüben ◆ 2 Gemüsebrühwürfel aus dem Reformhaus oder 1 Tüten-Zwiebelsuppe ◆ Sojasauce ◆ Das Gemüse kleinschneiden und mit Wasser bedecken. 30 Minuten kochen. Mit Sojasauce würzen.

Man kann die Suppe essen, wann immer man Hunger hat. Man darf so viel davon nehmen, wie man will, und die Diät darf so lange dauern, wie man Lust hat. Die Wundersuppe sieht hübsch bunt aus und schmeckt ähnlich wie italienische Minestrone. Sie wärmt und macht zufrieden. Die Wundersuppe hat kaum Kalorien, und je mehr man davon ißt, desto mehr Gewicht verliert man, weil beim Verdauen mehr Kalorien verbraucht werden, als die Suppe dem Körper zuführt. Das ist der Trick.

◆ *Die Beschreibung der Inhaltsstoffe und Tips, wo man sie kaufen kann, finden Sie ab Seite 152.*

Außer der Suppe empfiehlt das Toronto General Hospital:

1. Tag: Alle Früchte außer Bananen. Wer nur Melonen und Suppe ißt, kann bis zu 3 Pfund Gewicht verlieren

2. Tag: Alle Gemüse, roh oder gekocht, außer Bohnen, Erbsen, Kartoffeln und Mais

3. Tag: Früchte und Gemüse, außer Kartoffeln und Bananen

4. Tag: Bis zu 8 Bananen sind erlaubt und bis zu 8 Gläser fettarme Milch

5. Tag: 200–300 g gegrilltes Rindfleisch und 8 Tomaten

6. Tag: So viel Fleisch und so viel Gemüse (außer Kartoffeln), wie man mag. Das Fleisch aber nur grillen und das Gemüse in Wasser kochen

7. Tag: Brauner Reis, Gemüse, Fruchtsäfte (zuckerfrei).

Während der Fleischtage sollte man mindestens 8 Gläser Wasser trinken, um die Säure aus dem Körper zu spülen.

Kaffee und Tee ohne Milch und Zucker sind erlaubt, Brot ist tabu. Immer wenn der Hunger nagt, geht es an den Suppentopf. Ein Vorschlag für die Betriebskantine?

Cellulitisöl

40 ml Avocadoöl ◆ 30 ml Johanniskrautöl ◆ 30 ml Jojobaöl ◆ dazu an ätherischen Ölen 35 Tropfen Orange ◆ 10 Tropfen Wacholderbeere ◆ 10 Tropfen Zypresse ◆ 10 Tropfen Zitrone ◆ Das ergibt ein sehr gutes Massageöl, das bei regelmäßiger Anwendung entwässernd und straffend wirkt. Wenn Sie das Öl 3–4 Wochen lang täglich oder vielleicht auch nur alle zwei Tage einmassieren, sollte die Haut schon besser aussehen. Gehen Sie überdies noch schwimmen und treiben Gymnastik und nehmen auch etwas ab, wenn Sie sich ziemlich fettlos und gemüsereich ernähren, wird vielleicht alles besser.

Sicher haben Sie schon gemerkt, daß bei einem Urlaub am Mittelmeer oder an der Nordsee die Haut besonders straff und glatt wird, daß die Nagelhaut verschwindet und die Fingernägel wachsen wie sonst nie. Das Salz zieht Wasser und die darin gelagerten Gifte aus dem Gewebe. Es löst auch verhornte Stellen. Außerdem wird die Haut beim Ritt auf den Wellen massiert und durchblutet, und der Hautstoffwechsel wird angeregt, die Kälte zieht die Gefäße zusammen.

Gegen dieses Fitneß- und Schönheitsmittel quetscht keine Tube an, aber Sie können sich wenigstens ab und zu ein Salzbad gönnen, um die Wirkung auch nach dem Urlaub länger zu erhalten.

Salzbad

3 Pfund Meersalz pro Bad ◆ *8 Tropfen Rosmarinessenz* ◆ Das belebt ungemein und weckt erfrischende Erinnerungen. Da die Haut bei einem solchen Schlankheitsbad sehr austrocknet, braucht sie danach ein bißchen Fett.

Besenreiser

Die kleinen oder großen Landkarten mit Flüssen und Straßen, die sich auf vielen jungen und fast jedem älteren Frauenbein befinden, werden von ihren Eigentümerinnen bitter gehaßt, obwohl sie für andere weit weniger sichtbar und auffällig sind.

Man kann sie zumindest für die eine oder andere Badesaison verschwinden lassen. Da es sich um eine Bindegewebsschwäche oder eine Gefäßerkrankung handelt, kann man sich aber nicht darauf verlassen, daß sie für immer wegbleiben. Meistens kommen sie irgendwann wieder.

Über die Ärztekammer können Sie die Adressen von allen Ärzten bekommen, die an Ihrem Ort mit einem Argon-Breitflächen-Laser den roten Äderchen zu Leibe rücken. Allerdings sind bisher die Erfolge auf Couperose, also die ganz feinen Äderchen, wie sie im Gesicht auftreten, und auf Feuermale und eher flächige Gefäßerweiterungen beschränkt. Die etwas dickeren Äderchen, die sich seitlich über die Oberschenkel ziehen, werden konventionell erledigt, das heißt verödet, anschließend muß das Bein vierzehn Tage lang gewickelt werden. Das ist auch der Grund dafür, daß diese Behandlung vorzugsweise im Herbst, Winter und Frühjahr vorgenommen wird. Im Sommer ist die Wickelei zu warm und beschwerlich. Vielleicht läßt sich die Gefäßerweiterung bei strenger Einhaltung aller Vernunftregeln vermeiden, vielleicht auch nicht. Jedenfalls müssen wir das Übel ja nicht durch heftiges Sonnenbaden und unmäßiges Trinken von Alkohol verstärken.

Für HEGE, SCHUTZ *und* PFLEGE

Die vielseitige Body-Butter

50 g Bienenwachs ◆ *50 g Rizinusöl* ◆ *20 g Weizenkeimöl* ◆ *200 g Süßmandelöl* ◆ Bienenwachs mit den Ölen im Wasserbad erwärmen. Rühren, bis die Creme kalt ist. Das ergibt einen großen Topf goldenen Body-Balsam für viele Zwecke. Für die trockene Haut, für Ellenbogen, Schienbeine, Hände und wo es sonst noch not tut. Eine Basiscreme, in die auch noch andere schöne Dinge eingearbeitet werden können. Zum Beispiel können Sie einen Eßlöffel voll abzweigen und ätherische Öle von Eukalyptus, Latschenkiefer, Zitrone hineinrühren. Dann haben Sie einen Erkältungsbalsam für die Brust. Mit Menthol erhalten Sie eine kühlende Fuß- und Wadencreme. Sie können nachträglich auch noch Vitamine zufügen und Vaseline als Schutz für den Babypo. Und Düfte. Zum Beispiel Patschuli, Vanille und Rose. Die Creme hält sehr lange und schimmelt nicht, weil sie kein Wasser enthält. Sie ist für das Gesicht als Pflegecreme vielleicht zu fett, aber im Winter als Wind-und-Wetterschutz gut geeignet.

Busenöl

10 ml Haselnußöl ◆ 10 ml Jojobaöl ◆ 10 ml Johanniskrautöl ◆ dazu an ätherischen Ölen: 7 Tropfen Ylang-Ylang ◆ 4 Tropfen Vetivert ◆ 4 Tropfen Geranie ◆ 7 Tropfen Orange ◆ 5 Tropfen Myrrhe ◆ 3 Tropfen Wacholderbeere ◆ Die Haut fühlt sich nach einer Massage fest und glatt an.

Speziell für die Nippel

Wenn sie mit Johanniskrautöl massiert werden, können sie auch starke Beanspruchungen durch kleine oder große Nimmersatte aushalten.

Bodyöl für zu Haus und jeden Tag

12 Tropfen Lemongrass ◆ 16 Tropfen Zypresse ◆ 6 Tropfen Rosmarin in 100 ml süßem Mandelöl ◆ Das Öl stärkt, belebt und durchwärmt die Haut am ganzen Körper und ist für jeden Hauttyp geeignet.

Körperöl

Kokosöl, leicht parfümiert mit Gardenie, Geranie oder Rose, wird nach dem Baden oder Duschen auf die noch feuchte Haut aufgetragen. Es zieht leicht ein und macht die Haut samtig und hinterläßt einen angenehmen Duft. Für Männer: mit Sandelholz.

Massageöl für kleine Kinder

50 ml süßes Mandelöl ◆ 1 Tropfen Kamille oder 1 Tropfen Rose ◆ Für Kinder nicht mehr Tropfen nehmen. Auch ganz kleine Kinder lieben Massagen, besonders an den Füßen. Es beruhigt und wärmt sie. Sie grunzen ab und zu und sind ganz konzentriert dabei.

Bodylotion, die Fliegen fernhält

Die Einreibung duftet gut und gibt der nackten Schläferin Schutz vor Tieffliegern in ländlichen Schlafzimmern. *3 Tropfen Arnika* ◆ *7 Tropfen Minze* ◆ *3 Tropfen Geranie* ◆ *4 Tropfen Eukalyptus* ◆ *5 Tropfen Rosmarin* ◆ Diese Mischung kann man auch in eine langweilige fertige Lotion hineinträufeln oder in 50 ml Pflanzenöl oder in Wasser und das dann im Raum in der Duftlampe verdampfen lassen.

Kaffeepeeling

Anstatt nur aus dem Kaffeesatz zu lesen, können Sie den Kaffeesatz auch als Körperpeeling nehmen. Mit einem Öl- oder Cremerest den Kaffeesatz vom Frühstück vermischen, Milch, Sonnenöl oder Öl aus der Küche geht aber auch. Mit der Paste wird der Körper unter der Dusche abgerubbelt, bis er gut durchblutet und seidenweich ist. Und dann den Body in die Badewanne gleiten lassen…

Für SPORT *und* FITNESS

Aufwärmöl für Aerobic und Bauchtanz

100 ml Jojobaöl ◆ *20 Tropfen Rosmarin* ◆ *20 Tropfen Lorbeer* ◆ *20 Tropfen Wacholder* ◆ Eine kleine Massage damit heizt ein und lockert die Muskeln.

Salzwasserkompresse

Eine Eiskompresse mit Salzwasser kann man immer im Tiefkühlfach frieren lassen. Ein Tuch wird in starkes Salzwasser getaucht, gut ausgewrungen und eingefroren. Diese Kompresse hat den Vorteil, daß man sie gut um die Schwellung formen kann und daß sie viel länger eiskalt bleibt, weil salziges Eis sehr langsam schmilzt.

Massage für die armen, armen Muskeln und Sehnen

100 ml Jojobaöl ◆ *20 Tropfen Nelke* ◆ *20 Tropfen Eukalyptus* ◆ *20 Tropfen Teatree* ◆ Diese Mischung hilft gut bei Gelenk- und Muskelschmerzen, wenn man bei den Exercises wieder übertrieben hat. Wenn kein heilendes Händchen zum Massieren in der Nähe ist, kann man auch 10 ml der Mischung in das heiße Badewasser gießen und sich dort allein lockern.

Öl für kreischende Muskeln

10 Tropfen Wacholder ◆ *10 Tropfen Lavendel* ◆ *10 Tropfen Zypresse in 50 ml Jojobaöl* ◆ Das Öl verjagt den Muskelkater, wenn man kräftig massiert.

Eiskompresse für die Prellung am sportlichen Bein

... und für Beulen an Kinderköpfen

Bei Prellungen heißt es schnell handeln, damit die Stelle gar nicht erst so dick wird. Am besten sind kalte Kompressen. Man kann nur für diesen Zweck eine Packung Tiefkühlerbsen bereithalten. Die Erbsen kommen gut verschlossen in einen Gefrierbeutel und können nach der Anwendung immer wieder eingefroren werden. Sind sie ordentlich gekennzeichnet, kann uns der Gefrierbrand egal sein, wir wollen sie ja nicht essen. Der Erbsenbeutel paßt sich gut der Beulenform am Körper an.

Massageöl gegen Prellungen und Zerrungen

50 ml Jojobaöl ◆ *20 Tropfen Lavendel* ◆ *20 Tropfen Arnika* ◆ Notfallfläschchen immer im Turnbeutel tragen.

Aromatische Arnika-Tinktur

50 g Arnikablüten ◆ *10 g Gewürznelke* ◆ *10 g Zimt* ◆ *10 g Ingwer* ◆ *10 g Anis* ◆ Die Gewürze müssen in 1 l Alkohol 10 Tage lang ziehen. Dann werden sie durchgeseiht und abgefüllt. Sie sollen schnell verfügbar sein, wenn man sich verletzt hat, und Zerrungen und Prellungen lindern, deswegen kommt immer eine Flasche in die Tasche.

Jungle milk gegen stechendes Fliegzeugs beim Rudern

½ TL Gelbildner PNC 430 ◆ *100 ml destilliertes Wasser* ◆ *20 Tropfen Nelke* ◆ *7 Tropfen Menthol* ◆ *4 Tropfen Pfefferminze* ◆ *10 Tropfen Zitrone* ◆ Das Wasser nach und nach in den Gelbildner rühren, bis es ein dünnes Gel ist, noch etwas mehr Wasser dazutun, dann die ätherischen Öle hinzufügen. Sie können die Düfte auch anders mischen. Den Quälern der Lüfte stinkt sowieso alles, was in der Milch ist, egal in welcher Konzentration.

Erste Hilfe bei kleinen Blessuren

Zur ersten Versorgung unverdünntes ätherisches Lavendelöl auftragen. Lavendelöl hilft auch bei Blasen. Stechen Sie die Blase auf, möglichst nicht mit einem rostigen Nagel, und tränken Sie ein Pflaster mit Lavendel. Die Blase wird schnell heilen.

Sportliche Wind-und-Wetter-Creme

½ Kaffeelöffel Lanolin ◆ *30 g Vaseline* ◆ *1 EL Avocadoöl* ◆ *40 ml destilliertes Wasser* ◆ *3 Tropfen Lavendel* ◆ Lanolin und Vaseline schmelzen, dann kommt das Öl dazu. Alles auf 60 Grad erhitzen. Das Wasser wird auch erwärmt und dann eingerührt. Wenn alles handwarm abgekühlt ist, kommt die Essenz dazu. Das ist ein guter Schutz gegen Wind und Regen, beim Skilaufen und Joggen im Winter, aber nicht, wenn die Sonne scheint. Es ist auch eine gute Handcreme, weil sie wasserabstoßend ist. Für die Handcreme können noch 3 Tropfen Zitronenessenz dazukommen.

Saunapackung für Gourmets

Hefe mit Kamillentee und Honig mischen. Als Packung in der Sauna anzuwenden. Das macht die Haut zum Anbeißen schön.

Glanzöl für Bodybuilding

2 g Rizinusöl ◆ *4 g Paraffin* ◆ *8 g Süßmandelöl* ◆ *1 Messerspitze Perlglanzpigment Silber* ◆ *6 Tropfen Lemongrass* ◆ Der Fotograf kann kommen. Mit *dem* Glanz sind Sie fürs Posing gut vorbereitet.

DEOS *und* PUDER

Deo frisch und fein

40 g Hamameliswasser ◆ *10 g kosmetisches Haarwasser* ◆ *1 g Menthol, das sind nur ein paar Kristalle* ◆ *1 g Alaun* ◆ Alaun und Menthol werden im Alkohol gelöst. Dann kommt alles zum Wasser dazu. Schütteln. Sie können die fertige Mischung auch mit einem Gel (siehe Seite 44) verrühren und alles in einen leeren Deo-Roller umfüllen.

Herbes Deo für einen sportlichen Mann

40 ml Hamameliswasser ◆ *10 ml kosmetisches Haarwasser* ◆ *3 Tropfen Salbei* ◆ *5 Tropfen Sandelholz* ◆ *2 Tropfen Vetivert*

Blumiges Deo für die sportliche Lady

40 ml Orangenblütenwasser ◆ 10 ml kosmetisches Basiswasser ◆ 5 Tropfen Rosenholz ◆ 4 Tropfen Geranie ◆ 2 Tropfen Ylang-Ylang

Erfrischender Pfefferminz-Körperpuder für einen prallen Sonnentag

10–15 Tropfen Pfefferminze in 1 TL Korn (38 Volumprozent) oder Wodka lösen ◆ ½ Tasse Maisstärke ◆ ½ Tasse Talkum. Sie können auch nur Talkum oder nur Maisstärke nehmen oder auch Reisstärke und Kartoffelstärke ◆ Den Puder in eine Plastiktüte streuen und die Pfefferminzmischung darübergießen. Nun alles gut durchschütteln, bis der Puder gemischt ist, und trocknen lassen. Ab und zu wieder schütteln, damit er nicht klumpt. Wenn nötig, kann man ihn noch einmal durchsieben, bevor er in eine Streudose umgefüllt wird. Dieser Puder hält an einem bleischweren, heißen Sommertag den ganzen müden Körper frisch und kühl und zaubert ein Lächeln ins angestrengte Gesicht. Angenehm ist auch eine Prise Puder zwischen den Zehen.

Sie können den Puder auch mit Ihrem Lieblingsparfum beduften und ihn mit ½ Teelöffel farbigen, in der Kaffeemühle gemahlenen bunten Blüten oder Blättern anhübschen. Die müssen aber durchgesiebt werden, damit keine großen Brocken im Puder sind.

SCHAUMIGE SEIFEN

Beim Thema Seife scheiden sich die Geister. Heute werden im allgemeinen lieber flüssige, stark schäumende Tenside benutzt, und Seifen kommen aus der Mode. Seife ist ein Emulgator, der Rückstände wie Schmutz und fette Schminke löslich macht. Da Seife aber alkalisch ist, das heißt, ihr Ph-Wert liegt bei 7–8, greift sie den Säureschutzmantel der Haut an. Im Gesicht ist Seife vielleicht zu grob, weil es ohnehin schon genug damit zu schaffen hat, seinen Säureschutzfilm zu erhalten. Es muß sich schließlich von morgens bis abends in Licht und Luft zeigen. Für den Körper dagegen ist Seife gut geeignet und für die Haare auch. Der Körper bildet seinen Säureschutz in zwei Stunden neu, und die Haare werden nachträglich mit einer bekömmlichen, sauren Spülung behandelt.

Es gibt wunderbare fette, nach Honig und Spezereien duftende Seifen (im Drogeriemarkt). Farbige Glyzerinseifen, die durchsichtig sind, mit bunten Einsprengseln von duftenden Blumen (im Kaufhaus in Spanien). Dicke grüne und weiße Blöcke aus Olivenölseife, Buttermilchseife, fette Ärzteseife.

Schöne Seifen gehören auch in die Schränke. Besonders Nelkenseifen erfüllen den Wäscheschrank mit lieblichen Düften, und die wohlige Freude weht Sie an beim Öffnen der Türen und Schubladen.

Schwarzer Teerseifenball

Diese Seife gab es bis vor kurzer Zeit noch in England zu kaufen, jetzt müssen wir sie selber machen. Ausgangsstoff sind 100 g Olivenölseife, die in dicken, hellen bis bräunlich-grünen Blöcken unter dem Namen Savon de Marseille angeboten wird. Man bekommt sie in Drogeriemärkten, im Naturwarengeschäft und auf Märkten.

Die Seife wird mit der Küchenreibe oder mit dem Messer geraspelt und mit wenig Wasser im Topf erhitzt. Sie muß sich auflösen, aber noch dick sein. Immer gut rühren, damit sie nicht anbrennt. Wenn sie weich ist, ½ Teelöffel

Birkenteer aus der Apotheke untermischen. Die Masse abkühlen lassen. Dann mit den Händen 1–2 Kugeln formen, die in nicht zu dicken Stoffetzen zum Trocknen aufgehängt werden. Immer wieder mal nachformen. Nach einer Woche oder 10 Tagen sind die Kugeln hart und leicht und können ein bißchen mit dem Messer bearbeitet werden, damit sie eine unregelmäßige, aber runde Form bekommen. Diese Seife ist besonders gut bei Akne und fetter Haut, auch bei Psoriasis und anderen Hautproblemen. Aber sie wird auch von normaler Haut gut vertragen.

Duftende Seifenvariationen

Nach dem gleichen Muster kann man duftende Olivenseifen herstellen, indem man der gelösten Seife blumige oder würzige Essenzen beimengt. So lassen sich beispielsweise ein Minzseifenherz und ein Lavendelball formen. Wenn Sie Hafermehl oder Mandelkleie hineinkneten, ist es eine gute Reinigungsseife, nehmen Sie in einem anderen Topf gelöstes Lanolin dazu, dann ist es Seife für sehr trockene Haut. Statt Wasser zum Lösen der Seife kann man auch eine Abkochung von Kamillenblüten oder von einem anderen Kraut verwenden. Die Kräuterstückchen können drinbleiben. Sobald die Seife fest wird, kann man sie in Stücke schneiden oder mit Förmchen ausstechen, man kann sie kugeln oder mit mehr Wasser dickflüssig machen und in einen Seifenspender füllen, oder man füllt den dicken Seifenbrei in ein Deckelgefäß.

Seifiger Bodyscrub

2 EL geschmolzene Seife ◆ 50 ml Gel, egal welches, oder Sie rühren eins an (siehe Seite 44) ◆ 1 EL Pflanzenöl ◆ 2 EL getrocknete, in der Kaffeemühle gemahlene Zitrusschale

Alles wird nun zusammengerührt und mit ein bißchen gelber Lebensmittelfarbe eingefärbt. Sie können in den Seifenbrei auch noch andere Substanzen hineinrühren, zum Beispiel Olivensteingranulat.

TAUSENDSCHÖN *im* SONNENSCHEIN

Sonne macht glücklich. UV-Strahlung nicht. UV-Strahlen dringen tief in die Haut ein und greifen das Bindegewebe an. Kollagene und Elastine, die sich in der Haut befinden, werden fest und unelastisch. Die Haut kann weniger Feuchtigkeit binden, sie wird faltig. UV-Strahlen durchdringen auch Fensterglas und Autoscheiben, und sie schädigen die Haut sogar, wenn es draußen nieselt.

Die Haut von Gesicht, Hals und Händen ist immer unbedeckt dem Licht ausgesetzt, deshalb schrumpelt sie unweigerlich. Das hat mit dem Altern gar nichts zu tun. Die Haut am bedeckten Körper wird nicht so leicht faltig. Also muß die blanke Haut vor Licht geschützt werden, und es ist sicher sinnvoll, jeden Morgen eine Creme mit Lichtschutzfaktor aufzutragen. Sonnenöle sind mit ihrem natürlichen Lichtschutzfaktor von 3–4 für leicht gebräunte Haut geeignet. Sie geben aber keinen richtigen Sonnenschutz, mit dem man im Sommer am Strand grillen kann. Dafür braucht die Haut Sunblocker, und selbst damit sollten Sie auf keinen Fall länger als eine Stunde in der Sonne bleiben. Schon gar nicht, wenn Sie viele Leberflecke haben, das Krebsrisiko ist dann erhöht.

Wer Juckpusteln bekommt, sollte Gele ohne Fett, ohne Emulgatoren, mit Vitamin E und hohem Lichtschutz benutzen. Wenn Ihnen ein Gel nicht reicht, weil Ihre Haut zu trocken ist, nehmen Sie eine Creme und besorgen sich Antihistamin-Präparate (zum Beispiel Zyrtec) aus der Apotheke, die sie drei Tage vor Urlaubsbeginn einnehmen.

Kühlung, wenn es doch zuviel war

Nach dem Sonnenbad, wenn die Haut spannt und gerötet ist, hilft Aloe vera. Im Süden wächst die Pflanze überall, aber da sie anspruchslos ist, richtet sie sich problemlos in jedem Haushalt ein, auch im Norden. Auf der ganzen Welt ist diese Pflanze bekannt für ihre heilenden Eigenschaften. Brechen Sie ein Stück vom stacheligen Blatt ab, schneiden Sie es in der Fläche durch oder zermatschen Sie es und reiben Sie sich mit dem Saft die gepeinigten Stellen ein. Auch geschwollene Kateraugen sehen bald aus, als sei nichts gewesen, wenn man ein passend zurechtgeschnittenes Blatt der Aloe vera auf die Lider legt.

Sonnenöl für jeden Tag

30 g Sesamöl ◆ *10 g Calendulaöl* ◆ *10 g Weizenkeimöl* ◆ *Karottenöl zum Tönen* ◆ Alle Öle zusammenmischen und dann vorsichtig das Karottenöl eintröpfeln. Fangen Sie mit 2 Tropfen an und verdunkeln Sie das Öl weiter, bis Sie die gewünschte Tönung erreicht haben. Sesamöl mit dem leichten, natürlichen Lichtschutzfaktor 2–4 und Weizenkeimöl mit den vielen Vitaminen, heilendes und linderndes Calendulaöl schützen die Haut vor der täglichen Lichtschädigung.

After-sun-Packung

½ TL Gelbildner ◆ *40–50 ml destilliertes Wasser* ◆ Das Wasser schlückchenweise kräftig mit dem Pulver verrühren oder ein Gel aus Gelatine nach Anweisung herstellen, und dann kommt alles hinein, wonach die Haut dürstet: *½ TL D-Panthenol* ◆ *½ TL Meristem-Extrakt* ◆ *½ TL Calendula-Extrakt (keine Tinktur)* ◆ *2 Tropfen Kamille* ◆ *1 Kapsel Vitamin A* ◆ Dieses Gel wird messerrückendick aufgetragen und kann wieder abgewaschen werden. Allerdings zieht es sehr rasch ein, wenn man es dünner aufträgt, und dann ist es eben weg. Mit zusätzlich 1 Tropfen Pfefferminze können Sie sich die Hitze von den Schultern nehmen. Das Gel kühlt, lindert und beruhigt die gequälte Haut. Das Gel hält 14 Tage. Sonst muß es konserviert werden mit 1 Tropfen Paraben K auf 10 g der Masse, dann hält es einen Monat.

◆ *Die Beschreibung der Inhaltsstoffe und Tips, wo man sie kaufen kann, finden Sie ab Seite 152.*

HÄNDE *und* FINGERNÄGEL

Wer Nagellacke nicht mag, setzt auf den glänzenden Natur-Look. Dabei wird ausschließlich mit Nagelweißstift und mit Spezialfeilen gearbeitet. Entweder mit Zweiphasenfeilen, Softfeilen, Poliseur, das ist ein Wildlederkissen, und Puder oder mit einer speziellen Feile, die drei unterschiedliche Oberflächeneinteilungen hat. Alte Poliseure aus Elfenbein und Horn findet man manchmal noch in Antikläden und auf Flohmärkten. Aber in Drogeriemärkten und Nagelstudios gibt es Polierfeilen oder Wildlederrollen.

Die Nägel in warmem Seifenwasser baden. Gefeilt wird erst, wenn die Nägel wieder trocken und hart sind. Sie werden gerade gefeilt und an den Seiten abgerundet. Mit einer Diamant-Saphir-Feile vom Rand zur Mitte feilen, nicht hin und her schrubben, sonst fransen die Ränder aus und splittern. Nagelhautentferner ist nicht unbedingt nötig. Man kann die Nagelhaut auch mit einem Hölzchen zurückschieben, zum Beispiel mit einem Bleistiftende, und dann die Haut mit dem Daumen nach hinten aufrollen. Gut ist es, wenn man sich angewöhnt, die Nagelhaut nach dem Händewaschen regelmäßig mit dem Frottierhandtuch zu massieren und hochzurollen.

Auf keinen Fall blitzschnell die Nagelhaut abschneiden, sie wächst dann, gut stimuliert, ganz schnell wieder nach.

Die ungelackten Nägel mit Nagelpolierpulver massieren und dann fleißig auf Hochglanz wienern. Die Nägel werden wie gelackt aussehen, ganz fein und elegant. Auch die gefeilte Kante muß poliert werden, damit die Nägel nicht einreißen und man damit über die Nylons streichen kann oder über eine Seidenhemdbrust. Der eigene Nagelglanz hält mindestens eine Woche und läßt sich einfach wieder auffrischen. Mit dem Nagelweißstift wird dann das Weiß unter den Nagel gezaubert. Dafür feuchtet man den Stift an, so daß sich die Weißpigmente gut verteilen können. Frischen Sie den Glanz jeden Morgen kurz auf, das wirkt sehr gepflegt.

Nagellack steht nicht jeder Frau, und manche Hände sehen damit uralt aus.

Lack paßt nur zu tadellosen Fingernägeln, und dann ist er sehr schmückend. Zu gewissen Anlässen ist sogar ein dschungelroter, spiegelglatter Nagellack sehr verführerisch und elegant, auch an den Füßen. Das ist geradezu erotisierend, possierlich und zart. Denken Sie aber daran, ihn bald wieder zu entfernen. Roter Lack ist ein Alptraum, wenn er nicht perfekt aufgetragen ist. Splittert er ab oder ist er stumpf, macht er die Trägerin zur Schlampe.

French manicure

Besonders für Frauen, die im Haushalt oder im Garten arbeiten, ist es schwierig, bis zu den Nagelspitzen gepflegt zu sein. Ein Trick schafft Abhilfe: Zuerst werden die Nagelenden mit weißem Lack quer über die Spitze lackiert. Dann kommt über den ganzen Nagel der milchige Transparentlack. Man kann einen kleinen Schmuddel gut dahinter verstecken. Diese Art der Maniküre ist ein Klassiker für alle Ferkelchen und für die ganz Cleanen.
Nagellacke enthalten Harze, pflegendes Protein, Filmbildner, Farbglanzpigmente und Acryl, das weiche Nägel festigt. Nagellack ist nicht schädlich für die Nägel. Was ihnen wirklich zu schaffen macht, sind Nagellackentferner, die sie mit ihren Lösungsmitteln austrocknen. Selbst rückfettende Substanzen helfen da nicht. Wer empfindlich ist, sollte deshalb nicht lackieren. Lassen Sie sich mal in einem Nagelstudio beraten. Dort gibt es die neuesten Pflege- und Dekorationsprodukte. Der Gang lohnt sich.

Nagelpflege

Zur Pflege der Nägel kann man ab und zu eine Vitamin-E-Kapsel auf dem Nagel einmassieren. Auch ein Tropfen D-Panthenol hilft. Oder Sie gönnen Ihren Händen mal eine Gesichtsmaske. Auf Kalktabletten für die Nägel können Sie getrost verzichten. Calcium kommt im Nagel nämlich überhaupt nicht vor. Bei Proteinmangel helfen Gelatinepräparate. Auch Biotin, das ist Vitamin H, ist ein wirksames Mittel gegen spröde und rissige Nägel. Das weiß auch der Bauer, der die brüchigen Hufe seiner Pferde wieder heilt und kräftigt, indem er dem Futter Biotin beimischt. Biotin ist in Leber und Hefe vorhanden und auch in Tablettenform in Apotheken erhältlich. Man kann Biotin nicht äußerlich anwenden.

Für Samtpfoten

Hände, die vom Waschen und Putzen rauh und rissig geworden sind, werden durch Kokosöl wieder weich. Auch die Fingernägel werden kräftig und festigen sich, wenn das Öl gut einmassiert wird. Kokosöl wird unter 23 Grad fest und erstarrt. Um es wieder weich und flüssig zu machen, stellt man das Töpfchen in warmes Wasser.

Elfenbeinhände

Stellen Sie sich vor, Sie treffen Ihren Doktor in der Oper und möchten ihm die Hand geben, aber Ihre Hände riechen nach dem köstlichen Knoblauch-und-Zwiebel-Mahl, das Sie kurz vorher zubereitet haben! Reiben Sie Ihre Hände, bevor Sie losgehen, mit Zitrone ab, am besten mit Zitronenöl. Anschließend gut mit Handcreme oder Lotion einreiben, sonst trocknet die Haut aus. Mit einer ausgepreßten Zitrone aus der Küche die Nägel abrubbeln und die Fingerspitzen dann ganz hineindrücken. Dann werden die Ränder und Schrunden an den Außenseiten der Zeigefinger bearbeitet. Zitrone ist das beste Mittel gegen Verfärbungen und Flecken und Grauschleier an den Händen. Durch die Fruchtsäure werden die Nägel heller und glatter und stärker.

Hände werden nicht mit Glyzerin eingerieben, das hat auch Großmutter schon falsch gemacht, denn ihre Hände wurden immer rauher, obwohl sie Handschuhe trug. Glyzerin ist ein Alkohol und trocknet das Gewebe aus. Nur wenn man Glyzerin in einer Creme verarbeitet, bindet es Feuchtigkeit auf der Haut.

Handpflegebalsam

6 g Bienenwachs ◆ *5 g Kakaobutter* ◆ *30 ml Mandelöl* ◆ *5 Tropfen Zitrone* ◆ *3 Tropfen Kamille* ◆ *4 Tropfen Lavendel* ◆ Bienenwachs, Kakaobutter und Öl werden miteinander verschmolzen und dann gerührt, bis sie fest werden. Essenzen kommen erst hinein, wenn die Creme lauwarm ist.

Pflegehandschuh

Eine einfache, sehr wirkungsvolle Handcreme bereitet man so zu: 1 Teelöffel Lanolin mit irgendeinem Öl anrühren, das gerade im Haus ist, oder mit 1 Teelöffel Vaseline. Nun Zitronensaft dazutröpfeln und rühren, bis die Creme weiß ist.

Das ist eine ganz fette Creme für rissige Hände, die man am besten über Nacht einziehen läßt. Falls die Bettwäsche gerade frisch ist, sollte man mit Baumwollhandschuhen oder -söckchen über den Händen schlafen. Morgens sind die Hände dann glatt wie Gold.

FÜSSE *und* BEINE

Füße haben die meiste Arbeit und werden am wenigsten beachtet. Sie sind selten an der Luft und werden häufig durch schlechtsitzende Schuhe gequält. Sind die Füße geschwollen, zu kalt, nicht elastisch, kaputt, kann das den Menschen stark behindern. Wenn es unseren Füßen schlechtgeht, geht es uns schlecht, deshalb sollten wir die Füße gut behandeln. Sie sind so empfindlich und leisten trotzdem so starke Dienste. Durch punktuelle Massage der Reflexzonen an den Füßen können wir sogar die Durchblutung und Funktion eines Organs beeinflussen. Also ran an die pflegerische Emanzipation der Füße!

Ein Bad für das eiskalte Füßchen

4 Tropfen Rosmarin ◆ *2 Tropfen Zypresse* ◆ *2 Tropfen Kampfer* in eine Schüssel mit Wasser tröpfeln. Füße hineinstellen und entspannen. Man kann die Essenzen auch in eine einfache Creme oder ein Gel (auch Haargel) einrühren, zum Beispiel für die kalte Nacht. Auch Thymian, Zirbelkiefer und Kampfer sind gut gegen Kälte.

Für dicke und runde Füße

Im Sommer ist ein kaltes Fußbad erfrischend und gut für den Kreislauf bei schweren, geschwollenen Füßen. Ein paar Tropfen Essenzen von Lemongrass und Wacholder in einer Schüssel mit kaltem Wasser unter dem Schreibtisch versteckt, bewahren leichte Füße und einen kühlen Kopf bei der Arbeit.

Creme gegen rissige Fußhaut

4Tropfen Lavendel ◆ *4Tropfen Myrrhe* ◆ Mit einem walnußgroßen Stück Egalwelchecreme mischen. Besonders gut aber ist Lanolin. Das wird mit etwas kosmetischem Basiswasser angerührt, bevor ätherische Öle hineinkommen. Aber die Creme eignet sich besser für die Nacht, weil die Füße dann ruhig mal fettig sein dürfen. Tagsüber ist ein Gel ohne Fett sehr viel angenehmer.

Wie Sie ein Gel herstellen, steht auf Seite 44.

Für das müde Tanzbein

100 ml Gel herstellen nach dem Rezept auf Seite 44, dazu kommen *20 Tropfen Zypresse, die entwässernd wirken und den Lymphfluß anregen* ◆ *10 Tropfen Pfefferminze, die kühlen und erfrischen* ◆ *10 Tropfen Lavendel, die beruhigen* ◆ *5 Tropfen Kamille blau, die sind auch beruhigend* ◆ Weihrauch und Rosmarin passen noch dazu, wenn man den Duft etwas abrunden will. 100 ml Tanzbein-Gel sind

eine ganze Menge, die Sie sicher leicht verstreichen können, wenn Sie häufig in der Disco herumwirbeln. Sonst ist es ratsam, das Gel mit Paraben K zu konservieren. 1 Tropfen auf 10 g des Gels. Das hält gut vier Wochen.

Für schmerzende City-Beine und -Füße

In 100 g Gel (siehe Seite 44) kommen *ein paar in Alkohol gelöste Mentholkristalle, die wirken leicht anästhesierend und nehmen den Schmerz aus den Waden* ◆ *2 Tropfen Kampfer, die wirken gefäßerweiternd. Aber nicht bei Krampfadern nehmen!* ◆ *20 Tropfen Zypresse, die regen den Lymphfluß an und wirken abschwellend* ◆ Von dem Duft allein lockern sich bereits die Beine! Man kann das Gel auch gleich mit Pfefferminzwasser oder Lavendelwasser anrühren. Gibt man 1 Tropfen Paraben K auf 10 g des Gels, dann hält es einen Monat, sonst nur vierzehn Tage. Und einen Tropfen grüne Lebensmittelfarbe nicht vergessen! Gele sehen sehr dekorativ aus, wenn sie bunt im Badezimmer herumstehen. Färbt man sie passend zu ihrer Wirkung ein, kann man gezielter hingreifen.

Erfrischendes Fußgel im Sommer

20 Tropfen Limette oder Zitrone oder Bergamotte ◆ *20 Tropfen Lavendel* ◆ *5 Tropfen Pfefferminze* ins Gel mischen ◆ 1 Tropfen blaue Lebensmittelfarbe dazugeben, das sieht sehr frisch aus und kühlt schon beim Anblick.

Fußpeeling

Olivenöl mit Salz und ein paar Tropfen Pfefferminze mischen. Die Füße kräftig massieren, besonders an den Stellen, wo sie hart und trocken sind. Unbedingt gleich danach die Hände waschen. Nichts darf von dem Minzöl in die Augengegend kommen.

Kühlende Fußlotion

Entweder ein dünnflüssiges Gel zubereiten (siehe Seite 44) oder eine Milch mit der Creme von Seite 38, oder Sie nehmen einen Eierbecher voll frischer Vollmilch aus dem Kühlschrank. Dazu kommen *2–3Tropfen Pfefferminze, 2–3 in ein paar Tropfen Alkohol gelöste Mentholkristalle oder 2–3Tropfen Mentholessenz.*

Weichbad für hornige Füße

Füße in ein warmes Wasserbad stellen, in dem grüne Seife gelöst ist. Dann mit Nagelbürste oder Luffaschwamm den Fuß gut durcharbeiten und richtig schrubben. Die Verhornungen weichen auf und lösen sich ab. Auch kleine Wehwehchen immer mit grüner Seife weichen, das zieht die Entzündung heraus.

Für den Schwitzfuß

Salbeitee ist ein gutes Fußbad gegen zu viel Schweißbildung. Es ist auch für Schwitzhände gut und angenehm, und ein Bad hilft sogar dem ganzen Körper.

Behandlung für weiße Winterfüße

Wenn die Fußnägel gelb sind, kann man jeden Zeh einzeln und nacheinander in eine ausgedrückte Zitronenhälfte stecken und ihn gut abreiben. Das stärkt die Nägel, die manchmal weich sind vom Winter in engen Schuhen, und auch die bleiche Haut. Es duftet schön. Richten Sie auch ab und zu ein Fußbad mit ein paar Tropfen Pfefferminze und etwas Essig an und wackeln Sie mit den Zehen im Wasser.

AROMAMASSAGEN *für* GEBROCHENE HERZEN *und* VERSPANNTE RÜCKEN

Körpermassagen haben eine starke Wirkung, besonders wenn sie mit duftenden Ölen gemacht werden.

Ätherische Öle haben ihren Geist noch nicht aufgegeben. Sie sorgen, einmal aus dem Fläschchen gefahren, für eine besondere Stimmung und beeinflussen die Psyche. Sie stimulieren auch physiologisch, da sie durch die Haut auf bestimmte Organe wirken können.

Ein liebevoller, konzentrierter Masseur oder eine Masseuse kann einem mit gleichmäßigen, ruhigen und kräftigen Bewegungen ein paar schwere Bürden, die schon geschmerzt haben, abnehmen. Das vorher angestrengte Gesicht wird wieder glatt und kann wieder lächeln. Schönheit kommt von innen, und wenn die Seele Druck hat oder Angst und ganz schwarz ist vor Kummer, ist auch das Gesicht böse und manchmal sogar pickelig. Schönheit hat etwas mit Magie zu tun, ist aber keine Hexerei. Eine Aromamassage kann stark machen gegen den Hauswirt, der gekündigt hat, oder gegen den Regen, der durchs Dach kommt.

Für ein Massageöl braucht man 100 ml Pflanzenöl, das auch aus verschiedenen Ölen gemischt sein kann, und etwa 30 Tropfen ätherisches Öl. Massageöle bestehen oft aus dem etwas zähen Erdnußöl, das nicht so leicht von der Haut aufgenommen wird. Um eine wirkungsvolle Aromamassage bei einer lieben Freundin durchzuführen, müssen einige Regeln beachtet werden. Der Raum muß warm sein. Warme Tücher für den Körper, eine Wärmflasche für die Füße. Die Wärme an den Füßen bewirkt, daß der Solarplexus sich entspannt, was für die Bereitschaft zur aromatischen Beeinflussung sehr wichtig ist. Auf einer waagerechten Unterlage, über die einige Frotteetücher gebreitet wurden, soll sich die Freundin langmachen. Es muß ganz und gar still sein. Sprechen Sie nur, wenn es nötig ist, und dann schön leise und ruhig. Im Hintergrund darf, sehr schwach vernehmbar, Meditationsmusik oder etwas ähnlich Unaufgeregtes erklingen. Nicht das Radio einschalten. Eine Sprechsendung oder die Verkehrsnachrichten sind wie ein Schock. Eine Duftlampe sorgt für saubere Luft und angenehme Atmosphäre. Die Massage sollte nicht unterbrochen werden, das Handy muß draußen bleiben.

Aromamassage für ein ganz deprimiertes Mädchen

Wacholder ◆ *Lavendel* ◆ *Patschuli* ◆ *Rose* ◆ Insgesamt 30 Tropfen auf 100 ml Pflanzenöl. Dazu kann das Mädchen ab und zu an einem Rosmarin-Pfefferminz-Tee nippen.

Aromamassage für eine, die unter Druck steht

50 ml Sesamöl ◆ *4 Tropfen Geranie* ◆ *8 Tropfen Lavendel* ◆ *4 Tropfen Patschuli* ◆ *4 Tropfen Salbei* ◆ Dieses Massageöl geht auch an die Nieren. Lavendel dringt tatsächlich bis dorthin vor und regt die Organfunktion an, das hat man inzwischen nachgewiesen. Das Öl wirkt sehr entspannend und erleichternd.

Massageöl für Frostbeutel

Thymian ◆ *Lorbeer* ◆ *Rosmarin* ◆ Eine Mischung mit insgesamt 20 Tropfen in 50 ml Pflanzenöl herstellen. Wenn der ganze Körper von der Erkältung ergriffen ist, stärkt das Öl den geschwächten Menschen, vorausgesetzt, das Zimmer ist warm genug. Bedecken Sie immer die Körperstellen, die gerade nicht massiert werden, mit einem Tuch.

Massage, die das Lebensgefühl hebt

Wenn der hormonelle Umschwung stattfindet, kann die Frau öfter eine Massage vertragen mit *Rosmarin* ◆ *Salbei* ◆ *Sandelholz* ◆ Insgesamt 30 Tropfen in 100 ml Pflanzenöl geben. Während der Massage wird ihr ein Beruhigungstee aus Lavendelblüten und Kamille gefallen. Das fördert die innere Balance und nimmt die Unruhe.

Massage für dralle Leiber

Tangerine ◆ *Lavendel* ◆ *Sandelholz oder Salbei* ◆ *Rosmarin* ◆ *Geranie* ◆ Insgesamt 30 Tropfen je nach Gefühl und Nase in 100 ml Öl. Diese Essenzen wirken entwässernd. Mit 4 Tropfen Salbei und Minze auf 1 Teelöffel Öl wird der Po fächerförmig massiert.
Als Tee wirkt Pfefferminztee morgens günstig, und Eisenkraut ist passend zur Nachtvorstellung. In das Badewasser gehören Lavendelessenz, Seesalz und Meeresalgen.

Massage für Mann oder Frau mit Kater

In 100 ml Pflanzenöl tröpfeln Sie insgesamt 30 Tropfen der ätherischen Öle von Pfefferminze, Eukalyptus und Zitrone. Von der Pfefferminze nehmen Sie lieber nur wenig, sonst können Sie walken, soviel Sie wollen, der Katermensch wird nicht warm. Diese Essenzen sorgen nach einer durchzechten Nacht für frischen Wind im Kopf. Der Geist belebt sich wieder, und die schweren Vorhänge heben sich.

Massage gegen Nachtmahre und Gespenster am Tage

Bereiten Sie eine Mischung aus 30 Tropfen Weihrauch, Sandelholz, Neroli und 100 ml Pflanzenöl. Wenn die Angst im Nacken sitzt und auch Gespräche zu nichts führen, dann legen

Sie den Schulversager mal auf einen langen Tisch. Eine liebevolle Massage, begleitet von Worten wie: In der Schule lernt man schließlich nicht fürs Leben, können ein verängstigtes nervöses Wesen harmonisieren, lockern, beruhigen, entspannen und ermutigen.

Beauty-Öl für die Frau

Aus 20 Tropfen Kamille, 5 Tropfen Honig und 3 Tropfen Rose bereiten Sie mit 100 ml Pflanzenöl ein – zugegeben – sehr teures Massageöl und lassen sich damit massieren. Der Duft stimmt weich und harmonisch. Er kann ein Glücksgefühl, auch beim Masseur, hervorrufen, und läßt eine Schönheit noch viel schöner strahlen.

Beauty-Öl für den Mann

5 Tropfen Pfeffer ◆ *5 Tropfen Zimt* ◆ *10 Tropfen Zitrone* ◆ *100 ml Pflanzenöl* ◆ Dieses Massageöl ist nichts für empfindliche Menschen. Es wärmt stark und regt an. Für einen verspannten Mann,der seine Gefühle unter dem Deckel hält und immer alles unter Kontrolle hat, ist es genau richtig. Er wird sanft und schön unter Ihren Händen und fängt an zu träumen.

3

Badewonnen

FÜR ALLE

Schönheiten

IN DER

Familie

Pflege

Die Waschkraft

eines Bades ist unbestritten, um so besser, daß es auch noch Spaß macht. Selbst kurz nach dem Krieg hatten auf dem Lande, wo es kein fließendes Wasser gab, zumindest die Kinder das Vergnügen, in den großen hölzernen, hochbeinigen Bottichen das Bad am Samstagabend mit Wurzelbürste und Kernseife zu erleben. In den fünfziger Jahren wurde es dann komfortabler. In großen Kupferbadeöfen erhitzte man am Samstag mit Brikettglut stundenlang das Wasser, das dann aber wenigstens direkt in die Badewanne lief. Diese Bäder wurden zu richtigen Familienfesten, bei denen erst die dreckigen Kinder planschten, dann kam der Vater an die Reihe, und am Schluß stieg Mutter in die lauwarme Brühe. Allerdings durfte sie so lange dümpeln, wie sie wollte, und da sie die Herrin über das Feuer war, hatte sie schnell zwischendurch wieder eingeheizt und konnte frisches, heißes Wasser nachlaufen lassen. Wie zu allen Zeiten taten sich ein paar verrückte Frauen, die mitleidig belächelt wurden, frische Erdbeeren oder Milch oder Gemüsewasser als Badezusatz in die Wanne oder Wäschestärke und zermatschte Gurken. Das war, dermatologisch gesehen, eine bessere Idee als die heute käuflichen Schaumberge mit Superwaschkraft. Die sind noch nicht mal für Ferkel und Kinder, die von draußen kommen, angebracht, denn sie trocknen die Haut viel zu sehr aus. Lieber sollte man, wenn die Haut sehr verschmutzt ist, eine milde Seife nehmen. Baden

Vergnügen

ist heute nicht mehr mit Arbeitsaufwand verbunden, und es ist immer noch ein großer Spaß. Für manche ist das Vergnügen so groß, daß sie in der Badewanne trinken und essen, Bücher lesen, Karten spielen und wer weiß was noch alles treiben, bis sie völlig verschrumpelt sind. Das ist natürlich für die Haut nicht gut. Sie ist dann allerdings ziemlich sauber und fettlos. Man sollte so ein Vergnügungsbad wirklich nicht allzuoft machen. Ein normales Entspannungsbad oder ein Erfrischungsbad dauert zwanzig Minuten. Wie heiß das Wasser ist, hängt davon ab, was die Badenden vertragen können. Japaner baden bei 42–45 Grad, während den Europäern 36–39 Grad reichen. Je heißer das Wasser ist, desto mehr Blut zirkuliert in der Haut, der Körper wird krebsrot, schwitzt und scheidet über die Schweißdrüsen heftig Giftstoffe aus. Ein Bad muß duften, kann beruhigen, erfrischen oder anregen, auf jeden Fall sollte es pflegen. Wenn die Haut warm ist, nimmt sie ätherische Öle besonders gut auf. Man kann aus allen Arten von Bädern Duftbäder machen, indem man dem Wasser ätherische Öle beifügt. Die schwimmen allerdings auf der Wasseroberfläche und verteilen sich nur gut, wenn man sie in einen natürlichen Emulgator wie Milch, Sahne oder Honig tropft oder einen chemischen Lösungsvermittler wie LV 41 nimmt. Die Beschreibung der Zutaten, ihre Wirkung und wo Sie sie kaufen können finden Sie ab Seite 152.

MILCH- *und* HONIGBÄDER

Milch-, Honig-, Molke- und Sahnebäder sind besonders gut für trockene und normale Haut. Sie glätten und fetten ein wenig, machen samtig und lassen die Schultern schimmern. Das haben die Luxusdamen in der Antike schon gewußt. Sie nahmen sogar die Milch von Eselinnen oder Ziegen dafür, was auch damals als unerhört verschwenderisch galt. Für das tägliche Schönheitsbad der Poppaea stellte ihr geiler Kaisergatte Nero eine Herde von 500 Eselsstuten zur Verfügung. Andere Frauen nahmen Molke, und das machte ihre Haut keineswegs weniger schön.

Ein Liter Milch oder ein Becher Sahne oder jeweils das Doppelte und ein halbes Glas Honig im Wasser sind immer noch ein recht luxuriöser Spaß für eine Schönheit von heute. Honig löst sich im warmen Wasser ganz auf und hinterläßt überhaupt kein klebriges Gefühl auf der Haut.

Bad für die Schönheitskönigin

125 g Sahne ◆ *4 Tropfen Kamille* ◆ *10 Tropfen Sandelholz* ◆ *5 Tropfen Geranie* ◆ *2 Tropfen Zitrone* ◆ Das duftet auch gut in einer Duftlampe. Ohne Sahne.

Beruhigendes Baby-Bad

2 EL Sahne ◆ *1 Tropfen Lavendel* ◆ *1 Tropfen Tangerine* ◆ Nicht mehr. Das duftet ein wenig und beruhigt auch den Bademeister. Sahne ist wunderbar für Babyhaut, aber Babys brauchen eigentlich keinen Duft im Bad und Rückfetter auch nur am Popo, weil ihre Haut perfekt ist. Außer Tangerine kommen für Babys eigentlich keine ätherischen Öle in Frage. Sie sind einfach zu stark. Also nehmen Sie das Baby auch nicht einfach mit in Ihr gut parfümiertes Badewasser. Das wirkt auf das arme Kind wie eine Volldröhnung oder wie eine Narkose. Der Geruchssinn von Babys ist sehr sensibel.

◆ *Die Beschreibung der Inhaltsstoffe und Tips, wo man sie kaufen kann, finden Sie ab Seite 152.*

ÖLBÄDER

Ölbäder sind sehr angenehm, reinigen stark, ohne zu entfetten, bewahren die Feuchtigkeit in der Haut und verhindern, daß die Haut sich schuppt. Ölbäder hinterlassen immer einen schmierigen Badewannenrand und verteilen sich nicht gleichmäßig im Wasser. Wer das nicht mag, kann 100 ml Pflanzenöl mit 2 Teelöffel Mulsifan mischen. Für ein Bad nimmt man 2 Eßlöffel der Mischung.

Sie können ein einziges Öl nehmen oder eine Mischung verschiedener Pflanzenöle. Für Bäder eignen sich Sonnenblumenöl, Distelöl, Sojaöl, aber auch Olivenöl. Das sind alles Öle, die Sie vielleicht in der Küche haben. Für Ihr Wohlbefinden sollten Sie sich immer einen Duft dazu einfallen lassen.

Engelsbad

100 ml Sojaöl ◆ *10 Tropfen Orange* ◆ *10 Tropfen Rose* ◆ *5 Tropfen Myrte* ◆ *5 Tropfen Moschus, synthetisch* ◆ *5 Tropfen Amber, synthetisch* ◆ *eventuell 2 TL Mulsifan* ◆ Wer will, kann in dieses Badeöl ein bißchen Goldflitter streuen. Das ist natürlich nur ein Gag, und zuviel Goldflitter pikt bestimmt am Po, aber in der Flasche sieht es hübsch aus, wenn man sie schüttelt, und der Engel wird sich freuen über das Geschenk.

Weihnachtsvorfreude-Bad

Bevor die Bescherung losgeht und das große Fressen und der ganze Trubel, sollte der Weihnachtsmann mit seiner Weihnachtsfrau ein bißchen feiern. ◆ *2 EL Sonnenblumenöl* ◆ *8 Tropfen Fichtennadel oder Pinie* ◆ *1 Tropfen Zimtrinde* ◆ *2 Tropfen Kardamom* ◆ *1 Tropfen Orange* ◆ *1 TL Mulsifan* ◆ Pflanzenöl, ätherische Öle und Emulgator mischen, ins Wasser gießen und eintauchen. Wer ein bißchen Verzauberung möchte, kann 2 oder 3 Tropfen grüne Lebensmittelfarbe in die Wanne tröpfeln.

Badeöl Jamaika

100 ml Sonnenblumenöl ◆ *10 ml Mulsifan* ◆ *8 Tropfen Ylang-Ylang* ◆ *8 Tropfen Rosenholzöl* ◆ *4 Tropfen Vanille* ◆ *8 Tropfen Mandarine* ◆ *4 Tropfen Kokos* ◆ Von dieser Mischung reichen 2 Eßlöffel für ein Vollbad, und schon sitzt man in Gedanken auf einer einsamen Insel mit weißem Sandstrand unter Palmen mit bronzefarbenen Männern. Die Eiswürfel klickern im Glase.

Ein Bad für vorher

100 ml Sojaöl ◆ *2 TL Mulsifan, wenn das Öl sich im Bad gut verteilen soll* ◆ *2 Tropfen Tonka* ◆ *4 Tropfen Jasmin* ◆ *2 Tropfen Honig* ◆ *6 Tropfen Sandelholz* ◆ Zwei Eßlöffel voll reichen, und der sinnliche Duft macht Lust auf Liebe.

Spielzeug-Bad

200 ml Sojaöl in eine Weithalsflasche füllen ◆ *40 Tropfen Tangerine* ◆ *2 EL Mulsifan* ◆ *1–2 EL für 1 Bad* ◆ Tangerine und Mandarine sind schöne, leichte Düfte, die Kinder besonders gern mögen. In die Flasche kann man noch ein paar kleine Plastiktierchen, Schlangen, Krokodile und Palmen oder Spielzeug aus Überraschungseiern stopfen, die dann bei jedem Bad mit dem Öl herausschwimmen.

Bunte Ölbäder

Wenn Sie Badeöle für ein hübsches Fläschchen bunt färben wollen, können Sie Lebensmittelfarbe, die nur wasserlöslich ist, mit LV 41, einem Lösungsvermittler, mischen und dann im Öl verteilen. Oder Sie färben Wasser mit 1 Tropfen Lebensmittelfarbe und gießen das fertige Badeöl darauf. Das gelbe Öl schwimmt auf der farbigen Flüssigkeit und wird sich auch wieder absetzen, wenn es beim Gebrauch durcheinandergeraten ist. Das sieht besonders geheimnisvoll und attraktiv aus.

Ein Bad für die niedlichen Kleinen

1 Tropfen Mandarine ◆ *1 Tropfen Orange* ◆ *1 EL Sonnenblumenöl* ◆ Ein Emulgator kann ruhig mal wegbleiben, denn Kinder verteilen das Öl samt Duft beim Planschen ganz gut selber.

SALZBÄDER

Salzbäder werden auch manchmal Schlankheitsbäder genannt. Sie können aber auch Stärkungs- und Erfrischungsbäder sein, je nach der Menge des Salzes. Also, wenn Sie mal den Gürtel etwas enger schnallen wollen, streuen Sie 3 Pfund Kochsalz in die Wanne. Das Bad kann 15 bis 20 Minuten dauern. Nach dem Bade gehen Sie, feucht in Ihren Bademantel gemummelt, ins Bett, wo Sie noch mehr Schlacken ausschwitzen und sich von der Anstrengung erholen können. Fette und unreine Haut kann ein solches Salzbad öfter vertragen. Ein Stärkungsbad ist es, wenn man nur ein Pfund Salz nimmt und ein paar Tropfen Rosmarin. Aber auch danach legen Sie sich für ein paar Minuten hin und schließen die Augen.

Zehrendes Zupfbad

8 EL Natriumkarbonat ◆ *8 EL Borax* ◆ *2 EL Glyzerin* ◆ *8 EL Kochsalz* ◆ *8 EL Alaun* ◆ *1½ Liter kochendes Wasser* ◆ Die Zutaten werden mit dem kochenden Wasser übergossen und unter Rühren aufgelöst. Dann wird die Flüssigkeit in das heiße Badewasser gekippt. Das Bad soll fünfzehn Minuten dauern. In der Zeit rubbeln Sie den Körper mit einer Bürste sorgfältig ab, bis Sie schön rot sind. Dann legen Sie sich entspannt zurück und beginnen, Ihre Fettpolster zu bearbeiten, indem Sie mit den Fingerspitzen die Haut zupfen. Anheben und loslassen. Wieder und wieder, bis Sie alle Polster durchmassiert haben. Dann dürfen Sie die Wanne verlassen. Das Bad zehrt ein Pfund weg und strengt sehr an. Sie sollten danach gleich ins Bett gehen.

Bad für eine Phantasiereise

250 g Meersalz ◆ 5 Tropfen Kokos ◆ 5 Tropfen Geranie ◆ 5 Tropfen Ylang-Ylang und für die Phantasie 3 Tropfen blaue Lebensmittelfarbe ◆ Stellen Sie sich vor, Sie schaukeln sanft in einem kleinen Boot in der blaugrünen Bucht, und nur der Fischer singt sein Lied, während die Sonne im Meer versinkt.

Party-Pep-up-Sprudelbad

Im Drogeriemarkt findet man noch die altmodischen, brausenden Kneipp-Badetabletten. Sie kosten nicht mal eine Mark und sind die reine Wonne. Wenn Sie sich eine Tablette unter den Körper legen, am besten ins Kreuz oder oberhalb vom Po, sprudeln die Bläschen zehn Minuten lang in einem entzückenden Schauer den Rücken hoch. Die Düfte der Tabletten sind nicht schlecht, aber auch nicht sehr aufregend. Kaufen Sie sich alle vier Sorten Badetabletten. Für das Party-Pep-up-Bad tränken Sie die Rosmarin-Tablette mit *weiteren 3 Tropfen Rosmarin ◆ 1 Tropfen Pfefferminze ◆ 3 Tropfen Zitrone*. Das kribbelt wunderbar und bringt Sie in Schwung.

KRÄUTER- *und* BLÜTENBÄDER

Diese Bäder bestehen aus frischen oder getrockneten Pflanzenteilen, die eine Viertelstunde lang gekocht werden. Der Tee wird ins Badewasser gekippt. Die Pflanzenteile kann man in einen Nylonstrumpf oder in eine einsame dünne Sommersocke stopfen, deren Schwester die Waschmaschine gefressen hat. Die Socke kann mitschwimmen, wird immer wieder mal ausgedrückt und nach dem Bad mitsamt dem Inhalt entsorgt.

Südländische Hausmischung

Wenn Sie da sind, wo die dicken Rosmarinbüsche am Wegesrand wachsen, gönnen Sie sich doch mal einen Armvoll, der im großen Topf aufgekocht wird für die Badewanne. Dann durch ein Durchschlagsieb ins Badewasser kippen und mit Haut und Haaren eintauchen. Sie können noch ein bißchen Schaumbad dazugeben oder etwas Olivenöl oder Meersalz. Machen Sie sich Ihre Mischung della casa, vielleicht auch mit Lavendel oder Salbei oder Thymian.

Da Sie im Süden sind, kann es sein, daß Sie von der Sonne ein bißchen angegrillt sind. Träufeln Sie in Ihre Rosmarinabkochung noch 2 Tropfen Pfefferminze und einen großen Schwups Kaffeesahne. Das ergibt ein kühlendes Bad. Wenn Sie mehr Pfefferminze nehmen, fangen Sie allerdings sogar im warmen Bad an zu frieren.

Kräuterbad für Faule

Das ist die Gelegenheit, das Kräuterbord und die Teeschachteln aufzuräumen. Alle Tees und Gewürze wie Wacholder, Muskat, Zimt, alle Kräuterreste nach und nach verbaden, indem Sie eine Tasse voll aufkochen und zum Badewasser geben. Das eine oder andere Kraut wird in Ihrer Achtung wieder steigen. Aber lassen Sie hot stuff wie Pfeffer und Chili weg.

Kräuterölbad

Man legt Rosmarin und Salbei, getrocknete Rosen oder Zimtstangen, Vanille oder getrocknete Zitronenschalen in Olivenöl oder Distelöl ein und läßt das Glas ein paar Tage in der prallen Sonne stehen, oder man erwärmt das Ganze handwarm und läßt es ziehen, bis es gut duftet. Die Pflanzenteile müssen ganz vom Öl bedeckt sein. Diesen Ölauszug kann man verwenden, wie er ist: als Körperöl oder als duftendes Badeöl für empfindliche und trockene Haut, mit oder ohne Emulgator.

Wunderbares Gartenbad

½ Tasse getrocknete Orangenschalen ◆ 1 Tasse Lavendelblüten ◆ ¼ Tasse Thymian ◆ ¼ Tasse Rosmarin ◆ ¼ Tasse Salbei ◆ ¼ Tasse getrocknete Rosenblätter ◆ ¼ Tasse Pfefferminzblätter, ein paar zerstoßene Nelken ◆ Alles mischen und in einem dunklen Behälter aufbewahren. Nach und nach portionsweise aufkochen. Die Mischung reicht für 4 Bäder und tut jeder Haut gut.

Neujahrsbad

Ein Neujahrsbad mit Kiefernnadeln sei geisterneuernd und glückverheißend, sagen die Japaner. Man kann die Kiefern- oder Fichtennadeln, die vom Lichterbaum schon abgefallen sind, und die Reste vom Adventsgesteck in einem Leinensäckchen aufheben. Am Neujahrsmorgen kocht man von den Nadeln einen starken Aufguß für die Badewanne. Dann läßt man das heiße Badewasser über das Säckchen laufen und fügt eventuell noch 2 Tröpfchen Nelke und 2 Tröpfchen Orange hinzu. Das Bad entgiftet, erfrischt und zieht durch die Bronchien. Falls Sie alles stärker verkraften können, weil die Silversternacht zu schön war, können Sie noch Latschenkiefern- oder Fichtennadel-Essenz dazutun. Das Bad treibt die Müdigkeit aus den Knochen und stellt Sie wieder auf die Beine.

SEIFENBÄDER

Es muß nicht immer ein riesiger Schaumberg sein. Legen Sie zur Abwechslung mal ein Stück Seife in die leere Wanne und lassen Sie das heiße Wasser darüberlaufen. Wenn die Wanne voll ist, ist das duftende Seifenbad bereit. Wenn Sie sich ein kleines, grobes Netz häkeln, können Sie es, gefüllt mit Seifenresten, an die Dusche hängen. Das harte Baumwollgarn schrubbt und massiert die alte Haut vom Leib. Danach ist der Body wieder rosig und wie neu. Sie können auch eigene Seifen mit bestimmten Düften herstellen. Wie das geht, steht auf Seite 85.

Winterbad

20 g Seifenflocken ◆ 6 Tropfen Eukalyptus ◆ 4 Tropfen Lavendel ◆ 4 Tropfen Rosmarin ◆
Erst kommen die Flocken in die Wanne, dann das Wasser, dann die ätherischen Öle, dann der Schmutzfink. Das Bad schäumt etwas und säubert und ist wie ein warmer Wintermantel für die Abwehrkräfte.

SAURE BÄDER

Essig- oder Zitronenbäder eignen sich besonders für die fettige, meist auch unreine Haut. Sie wirken zusammenziehend, entfettend und desinfizierend. Obstessig, auch Apfelessig genannt, gibt es in Reformhäusern und in der Diätecke im Supermarkt. Ein Viertelliter davon ins Badewasser gekippt, reicht aus. Allerdings riecht das Bad nicht gemütlich, deshalb sollte man unbedingt eine größere Menge Kräuteressig herstellen oder ätherische Öle hinzufügen. Für Kräuteressig stopft man ein Weckglas mit Kräutern voll, füllt mit Essig auf und läßt das Glas zwei bis drei Wochen an der Sonne stehen oder kocht einen Essigsud daraus.

Erfrischendes Sommerbad

Den Saft von vier Zitronen und zwei weitere, in dünne Scheiben geschnittene Zitronen im Badewasser verteilen. Sie können sich mit den sauren Scheiben den Körper abrubbeln. Die ausgepreßten Zitronenhälften werden für die Pflege der Hände in der Küche aufbewahrt. Das Bad macht Ihre Haut seidenweich und die ganze Frau putzmunter, wenn Sie noch ein paar Tropfen einer Zitrusessenz ins Wasser träufeln.

MEHL- *und* KLEIEBÄDER

Diese Bäder sind besonders pflegend bei trockener, schuppiger und gereizter Haut. 1 Pfund Weizenmehl oder Hafermehl, Vollkorn natürlich, kommt in ein Leinensäckchen, das unter dem heißen Wasserstrahl und auch beim Baden immer wieder ausgedrückt wird. Man kann sich auch in der Badewanne stehend mit Mehl einreiben und panieren und sich dann erst ins Wasser gleiten lassen. Das ist gut bei empfindlicher und unreiner Haut.

Das viktorianische Senfbad zum Einheizen

1 Tasse voll Senfpulver in kaltem Wasser lösen und dann in die vollgelaufene Badewanne gießen. Eintauchen und sich wundern. Es tut sich nämlich lange nichts. Aber dann fängt es plötzlich an, in der Wanne zu kochen, die Haut wird hummerrot, und man sollte aus der Wanne fliehen und sich warm irgendwo in die Ecke kuscheln. Das ist gut bei Durchblutungsstörungen, an frostigen Tagen und wenn man ganz einsam ist auf dieser Welt. Das Bad ist toll, aber man sollte es genauso selten anwenden wie das Wasabi-Bad.

Wasabi-Bad, der Scharfmacher gegen das feuchte Frösteln

Mit Wasabi, dem grünen, teuflisch scharfen Meerrettich, den die Japaner zum Sushi servieren, muß man vorsichtig sein. Dieses Bad ist nichts für Kinder und nichts für empfindliche Haut. Es eignet sich gut bei schwacher Durchblutung und Wintererkältungen.

1 Eßlöffel Wasabipulver oder -paste reicht für eine Schüssel voll warmem Wasser, in das man die eiskalten Füßchen stellt. Oder die frostigen Hände taucht. Man kann sich mit dem Wasser auch einreiben. So merkt man am besten, welche Kraft in der Wurzel steckt, und kann die erträgliche Menge

für ein Vollbad besser abschätzen. ½ Tasse voll heizt jedenfalls bei einem 15-Minuten-Bad schon kräftig ein, und der so erhitzte Mensch kann nun gut verpackt und mit Tee versorgt in den Schaukelstuhl.

SCHAUMBÄDER

Sie sind angenehm, säubern gut und trocknen die Haut aus. Fetter Haut macht das nichts. Sie können aber milde, fertige Schaumbäder kaufen und eine Duftmischung nach Ihrem Geschmack hinzufügen. Auch ein Schluck Öl und ein Spritzer Zitrone passen immer dazu und machen das Bad gleich hautfreundlicher.

Duschgel Polarsonne

30 g Betain ◆ *30 g Zetesol* ◆ *5 g Mulsifan* ◆ *40 g Sonnenblumenöl* ◆ *50 Tropfen Pampelmuse* ◆ *20 Tropfen Pfefferminze* ◆ Das ist ein sehr erfrischender und sehr milder Duschschaum, wenn draußen die Sonne am Himmel glüht und man bei jeder Bewegung ins Schwitzen kommt. Färben Sie ihn mit einem Tröpfchen blauer Lebensmittelfarbe.

Duschpeeling

Olivenöl mit einfachem Kochsalz in der Hand zu einem milchigen Brei rühren und unter der Dusche den ganzen, von Sonne und Sand und Sonnencremes klebrigen Körper vorsichtig abreiben. Das reinigt sehr gut, und das überschüssige Öl wird vom nachlaufenden warmen Wasser abgespült. Seien Sie aber vorsichtig und rubbeln Sie sanft.

After-bath-Splash

¼ Tasse kaltes Mineralwasser und 1 EL Eau de Cologne mischen und großzügig über den Körper verteilen. Das duftet nur ganz dezent und macht munter.

Denken Sie auch daran, selbstgemachte Cremes und Ölreste, die verunglückt sind oder die sich dem Verfallsdatum nähern, mit etwas Shampoo zu vermischen und in der Wanne oder unter der Dusche zu verbrauchen.

Wunderbare Vanille-Waschung

30 g Betain ◆ *30 g Zetesol* ◆ *5 g Mulsifan* ◆ *40 g Sonnenblumenöl* ◆ *20 Tropfen Vanille* ◆ Alles wird miteinander vermischt. Das ergibt ein sehr weibliches, warm duftendes Duschgel. Wenn Ihnen der Duft zu weiblich und warm ist, lockern Sie ihn mit spritziger Zitrone.

4

Kopfschmuck

WUNDERBARE

Haare

Lockenpracht

Langes wallendes Haar ist der schönste Schmuck einer Frau, heißt es. Männer lieben lange Haare und jammern meistens, wenn ihre Frauen sich plötzlich, aus einer Laune heraus, die Mähne stutzen lassen. Dicke, wellige Haare erregen Sehnsucht und sogar Neid, und der schlimmste Schimpf, den man einer Frau zufügen kann, ist, ihr den Kopf zu scheren. Die Haare von Frauen haben in der Geschichte, im Märchen und in der Sage Männer erregt und herausgefordert, und mitunter mußten die Frauen dafür büßen. Rotes Frauenhaar galt lange als hexenhaft, und lange Haare, offen getragen, waren nur bei Jungfrauen züchtig. Bei Ehefrauen kamen sie sofort unter die Haube. Aber lange Haare waren zuweilen auch vorteilhaft. Lady Godiva, die Gattin des Herrn von Coventry, hat ihren Körper mit dem langen Haar vor den Blicken geschützt, als sie – das war im 11. Jahrhundert die Bedingung ihres Gatten – nackt durch die Stadt ritt, um die harten Steuern abzuwenden, die ihr Mann Leofric dem Volk auferlegt hatte. Alle Männer wandten beschämt den Blick ab. Nur Peeping Tom, der Flegel, linste durch die Fenstervorhänge und erblindete zur Strafe sofort. Haarmoden haben sich gleichzeitig mit den Kleidermoden verändert und sind in der Geschichte immer Zeichen eines Stils oder Zeichen der Herkunft gewesen. Die Frisur ist auch heute noch, mehr als das Gewand, Ausdruck der Persönlichkeit einer Frau. Haare wurden viel besungen, ein ganzes Musical ist benannt nach dem «curly, fuzzy, snaggy, shaggy, ratty, matty, shining, gleaming, steaming, knotted, twisted, beaded, braided, powdered, flowered, bangled, tangled and spangled» Phänomen, das in «Hair» seinen Ausdruck findet. Trotz der ganzen Aufmerksamkeit gibt es kaum eine Frau, die mit ihren Haaren zufrieden ist. Die Glatthaarige läßt sich Dauerwellen in den Schopf zwängen, die Gelockte fönt sich die Pracht mit der Rundbürste glatt, alle braunen Köpfe färben sich rot, und Grau muß sofort gleich am Ansatz verschwinden. Alle unter Strafe stehenden Verstöße gegen eine bekömmliche Haarbehandlung sind bekannt: Gummibänder, Färbemittel, Fön und Bleichmittel, Dauerwelle und Sonne. Beim Färben und Dauerwellen wird die äußere

Hornschicht chemisch angelöst, rabiat in Form und Farbe gebracht und fixiert. Da die Hornschicht dann reichlich angegriffen ist, geraten die Haare nach längerer Tortur zu spröden Nestern. Achten Sie darauf, daß beim Blondieren, Färben und Dauerwellen der Haare der Schopf noch ungewaschen ist. Der natürliche Fettfilm auf der Kopfhaut schützt die Hautoberfläche vor Chemikalien, die sonst in den Bereich der Haut vordringen, wo die Haare noch weich und nicht richtig verhornt sind. Dort können sie nachhaltigen Schaden anrichten. Wenn die Haare außerhalb der Kopfhaut malträtiert werden, ist das weniger schlimm, denn die Haare fallen ja irgendwann aus und wachsen nach.

Weiche Welle

Die tägliche Bürstenmassage ist auf jeden Fall gut für die Kopfhaut. Früher, als die Frauen noch Zöpfe und Knoten trugen, machte das auch der Frisur nichts aus. Heute muß das jede selbst ausprobieren. Dünne, glatte Haare laden sich beim Kämmen sehr schnell elektrisch auf und stehen ab. Eine lockige Frisur wird leicht zu einem eindrucksvollen krausen Mopkopp. Normalerweise kann man die Haare so oft waschen, wie man will. Nur sind die heute üblichen Shampoos dafür zu stark. Sie entfetten nicht nur die Haare, sondern auch tieferliegende Hautschichten und selbst die Haarfollikel. Eine solche Waschkraft ist für Haar und Haut weniger geeignet. Eine klassische, immer noch beliebte Methode ist auch heute noch in Frankreich die Reinigung mit Savon de Marseille, die es auch bei uns zu kaufen gibt. Das Seifenstück wird so, wie es ist, benutzt, um den Kopf einzuseifen. Auch für die Haare gilt: Weniger ist mehr, denn Haare brauchen eigentlich nicht viel mehr als Fett und Feuchtigkeit und einen gesunden Haarboden. Durch zu scharfe Präparate wird es immer schwerer und aufwendiger, die Haare zu pflegen. Immer mehr Spezialprodukte sind zur Wiedergutmachung notwendig, denn die Haare werden im Laufe der Zeit immer empfindlicher und anfälliger für Trockenheit und Sprödigkeit, für Filz oder Fettschuppen. Die Frisurmode ändert sich dauernd, aber der Wunsch nach festem, glänzendem Haar bleibt. Wenn Sie nicht ganz gesund sind, wird Ihr Haar entsprechend aussehen.

Essen Sie viel grünes Blattgemüse, viel Protein und einen Teelöffel Lecithin täglich. Nach der Wäsche hilft eine Spülung, den wichtigen Säureschutz der Kopfhaut wieder auszubalancieren. Die Haare werden sanft trockengerubbelt. Sie müssen erst an der Luft ein wenig angetrocknet sein, bevor sie gekämmt werden. Am besten ist es, das Haar ganz an der Luft trocknen zu lassen. Falls es schnell gehen muß, halten Sie den Fön fünfzig Zentimeter entfernt vom Haar und fönen Sie es nicht ganz trocken. Auch sollten Sie die Kopfhaut trocknen und nicht die Haarspitzen.

Hier nun ein paar Rezepte, wie Sie Ihre Haare besänftigen und mit natürlichen oder wenigstens sanften Mitteln und einfachen Methoden aus widerborstigen, trockenen Strähnen und schuppigen, spröden Fransen einen glänzenden Haarschwall machen. Die Beschreibung der Inhaltsstoffe und Tips, wo man sie kaufen kann, finden Sie ab Seite 152.

DIE KOPFWÄSCHE

Haarshampoo aus weißer Seife à la française

100 ml Wasser erhitzen. Von einem Stück Savon de Marseille ungefähr 1 Teelöffel voll mit der Reibe oder mit dem Messer abraspeln und in dem Wasser auflösen. Abkühlen lassen, bis daraus ein weißlicher Pudding geworden ist. Schon fertig.

Um das sehr seifig und nichtssagend riechende Shampoo zu veredeln, können wir es nach Lust und Laune mit Düften anreichern. Pfefferminze paßt gut, auch Salbei, Zitrone oder Rosmarin. Oder Sie nehmen 2 Teelöffel voll von Ihrem Eau de Cologne. Je mehr von diesen Duftölen das Shampoo enthält, desto größer ist natürlich auch die Gefahr, daß die Augen gereizt werden, wenn man nicht aufpaßt. Sie können statt des destillierten Wassers einen Kräuterauszug nehmen, wie zum Beispiel Brennessel oder Kamille.

Das Haar wird nach der Wäsche so lange gespült, bis es knirscht. In das letzte Spülwasser kommt ein Schuß Obstessig oder Zitronensaft, um Sei-

◆ *Die Beschreibung der Inhaltsstoffe und Tips, wo man sie kaufen kann, finden Sie ab Seite 152.*

fen- und Kalkreste vom Haarboden zu entfernen und den Säureschutz wiederherzustellen. Die Haare glänzen, sie haben Stand und Fülle. Wenn Sie sehr dünne, glatte und fettige Haare haben, kann es sein, daß Ihre Haare zunächst etwas schlappmachen. Sie kräftigen sich aber nach ein paar Wäschen. Für Lockenköpfe und trockenes Haar ist die Wäsche ideal. Mit dieser Grundmischung können Sie verschiedene Shampoos zubereiten.

Schönes Haarshampoo

Lindenblüten machen das Haar weich ◆ Ringelblumen und Kamille, Zitrone und Rhabarber hellen auf ◆ Rosmarin und Salbei verstärken die Haarfarbe ◆ Walnußschalen machen Haare dunkler ◆ Von 1 Teelöffel der Blüten oder Kräuter (Garten, Apotheke, Reformhaus) machen Sie einen Teeaufguß, den Sie 3 Minuten in der Tasse ziehen lassen. Ein Eigelb, 1 Eßlöffel Honig und 2 Eßlöffel von dem weißen Shampoo de Marseille im Tee verrühren. Das Shampoo bildet keinen Schaum, ist aber wunderbar für die Haarstruktur.

Powerwäsche für lahme Strähnen

¼ l Bier ◆ *1 Eigelb* ◆ *1 EL Rum* ◆ Das Ei mit dem Rum und der Hälfte des Bieres verquirlen, nach und nach auf die Haare geben und einmassieren. Hinterher gut ausspülen und mit dem Rest Bier nachspülen. Lassen Sie das Bier dann ruhig im Haar. Es beruhigt die Talgdrüsen und ist ein ausgezeichneter, sehr starker Haarfestiger. Das Haar glänzt und riecht kein bißchen nach Bier, wenn es trocken ist.

Elegantes Kamillen-Zitronen-Shampoo

Wer ein Seifenshampoo verschenken will und möchte, daß es nicht nur wohltuend wirkt, sondern auch noch hübsch ist und fein duftet, setzt einen Kamillentee mit ein paar getrockneten Zitronenschalen an, löst Savon de Marseille darin und läßt alles abkühlen. Mit einem einzigen Tropfen gelber Lebensmittelfarbe wird das Shampoo besonders hübsch. Verbessern läßt es sich noch mit ein paar Tröpfchen ätherischem Öl, in Alkohol gelöst. In diesem Fall nehmen wir Zitrone.

Teershampoo, gut bei Psoriasis und fettigen Schuppen

Holzteer wirkt entzündungshemmend und tut gut bei fetter Kopfhaut. Der Duft ist einmalig streng und erinnert an Straßenbau. 1 Teelöffel geriebene Seife in 1 Tasse heißem Kräuterauszug oder Wasser auflösen. Nach dem Abkühlen kommt ein halber Mokkalöffel voll Erdnußöl dazu und eine Messerspitze voll Birkenteer. Das Ganze wird in eine hübsche Flasche abgefüllt. Das Shampoo sieht braun aus und ist sehr eigenartig und sehr wirksam.

Shampoo, wenn man nichts im Haus hat

Wenn man dringend noch zu einer Verabredung muß und kein Shampoo findet, kann man sich die Haare auch mal mit einem Geschirrspülmittel waschen. Allerdings sollte man für Rückfettung sorgen, denn Geschirrspülmittel sind ja so stark, daß sie sogar Bratpfannen gründlich reinigen. Also träufeln Sie einen Schluck gutes Sonnenblumenöl dazu und ein Löffelchen Honig. Nach der Wäsche spülen Sie mit Zitronenwasser. Auch Weichspüler kann man zum Nachspülen benutzen. Das war in den siebziger Jahren Mode bei den Hippies.

HAARPACKUNGEN *und* -KUREN

Nicht alles, was unsere Großmütter uns erzählt haben, war richtig. Zum Beispiel ist der Schaden, den ein frisches Landei im Haar anrichten kann, größer als der Pflegeeffekt. Eigelb gehört nicht in die Haarpackung. Man bekommt es nur mit viel Alkohol wieder raus und mit Essig, aber meistens bleibt etwas in der Struktur haften, und nach einigen Tagen setzt der Schimmelprozeß ein. Besser ist es, Eier mit ein bißchen Rum oder mit Shampoo vermischt bei der Haarwäsche zu verwenden. Da kann man sicher sein, daß es wieder ganz herauswäscht.

Ölkur gegen Haarausfall

2 Tropfen Rosmarin ◆ *1 Tropfen Salbei* ◆ *1 Tropfen Thymian* ◆ *1 Tropfen Cajeput* ◆ In 1 Eßlöffel Olivenöl geben und in Kopfhaut und Haare einmassieren. 20 Minuten einwirken lassen. Dieses Haaröl törnt die Haarwurzeln an und ist gut bei Haarausfall.
Auch bei Glatzen schadet es nicht. Es ist einen Wiederbelebungsversuch wert.

Zitronenkur für hellen Schimmer

2 frische Zitronen auspressen und den Saft in die Kopfhaut gründlich einmassieren. Mit einem breitzinkigen Kamm das Haar leicht durchfrisieren. 20 Minuten einwirken lassen, dann auswaschen. Das hellt auf und sorgt für Glanz.

Wetlook-Pflege

Kokosöl ist das beste Öl für die Haare. Vor dem Waschen aufgetragen, glättet und pflegt es sprödes Haar. Das Haar wird wieder geschmeidig, leicht kämmbar und bekommt einen seidigen Glanz. Für Männer kann man Kokosöl mit ein paar Tropfen Sandelholz parfümieren, für Frauen mit Gardenie. Im Sommer sollte man dieses Öl vor dem Gang an den Strand in die Kopfhaut einmassieren und mit breiten Zinken im Haar verteilen. Das schützt gegen Sonne und Salzwasser.
Das Fett wird, wenn es im Haar verteilt ist, wieder fest. Es wirkt, als hätte man Gel im Haar oder als wäre das Haar naß, aber es ist fett und fest. Das sieht bei einem Lockenkopf ebenso hübsch aus wie bei straff nach hinten

gekämmten Haaren. Auch für Männer ist es sehr schick. Abends kann man das Öl mit einem Shampoo wieder auswaschen.

Rapunzels Haaröl

1 TL Sesamöl ◆ *1 TL Süßmandelöl* ◆ *je 1 Tropfen Lavendel, Wacholder, Rosmarin, Zypresse.* Das bringt die Haarwurzeln auf Trab und festigt die Kopfhaut. Das Haar wird rapunzellang wachsen, aber daß es einem prinzlichen Lover nächtens als Leiter dienen kann wie im Märchen, können wir nicht versprechen.

Haaröl gegen Spliß und spröde Haarspitzen

1–3 EL Rizinusöl, je nach Haarlänge und -dichte ◆ Das zähe Öl in Haar und Kopfhaut massieren, dann mit einem Kamm sorgfältig bis in die Haarspitzen streichen. Ein warmes Tuch um den Kopf hüllen und eine Stunde einwirken lassen, dann auswaschen.

Gewürzöl für strapazierte und trockene Haare

Eine Mokkatasse voll Sonnenblumenöl ◆ *10 Tropfen Sandelholz* ◆ *10 Tropfen Nelke*
Das wirkt heilend auf den Haarboden und entzündungshemmend; brüchige, flusige Haare werden wieder glänzend und fest. Wickeln Sie eine Plastikfolie um den Kopf und darüber einen Frotteeturban. So kann das Öl seine Wirkung gut entfalten.

Fixe Pflege

Sonnenblumenöl ist gut für die Rückfettung des Haares. Man kann ein bißchen in fertiges Shampoo oder ins Haargel einarbeiten, auch ein paar Tropfen Karottenöl, das eignet sich ebenfalls und ist gut für gefärbtes rötliches Haar.

HAARSPÜLUNGEN

Die einfachste Lösung: Man gibt einen Schuß Obstessig oder Zitronensaft in einen Becher Wasser und schüttet ihn über die Haare. Das spült letzte Kalkreste vom Wasser heraus, macht die Haare glänzend und gut kämmbar. Eine Haarspülung sollte man den Haaren und der Kopfhaut auf jeden Fall nach der Wäsche antun.

Spülung für Strohköpfe

Gegen ausgebleichtes Haar helfen 3 Handvoll zerkleinerte grüne Walnußschalen, die in ½ l Wasser 15 Minuten gekocht werden. Das dunkelt die Haare ein bißchen nach. Wer das nicht will, kann auch Tee aus Thymian und Efeu machen. Oder aus Lindenblüten, das macht die Haare weich. Die Spülung bleibt auf dem gewaschenen Kopf.

Glanzspülung

Die Schalen von zwei ungespritzten Zitronen mit ¼ l kochendem Wasser übergießen, zudecken, 20 Minuten schwach weiterkochen lassen, abgekocht übers Haar gießen. Saure Obstessig- und Zitronenspülungen sind gut bei fettigen Haaren. Man mischt meist im Verhältnis 1 Teil Essig auf 5 Teile Wasser. Wenn man die Flüssigkeit anwärmt und 1 Eßlöffel Honig darin auflöst, bringt das den Haaren Stand und schönen Schein.

HAARWASSER

Honigwasser für stumpfe Strähnen

2 EL Bienenhonig ◆ *1 TL Glyzerin* in ½ l destilliertem Wasser lösen. Das Wässerchen wird nach der Wäsche ins Haar und in die Kopfhaut einmassiert und mit einem Kamm verteilt.

Haarwasser, gut für die Wurzeln

10 ml Alkohol (70 Volumprozent) ◆ *100 ml destilliertes Wasser* ◆ Ein paar Tropfen Rosmarin, Salbei, Cajeput und Thymian im Alkohol auflösen und im Wasser verteilen. Das ergibt ein milchiges, durchblutungsförderndes, duftendes Haarwasser.

Birkenwasser gegen Schuppen

Sammeln Sie im Frühling frische Birkenblätter. Sie werden kurz aufgekocht und mit Alkohol vermischt, das ergibt ein Haarwasser, das Schuppen vertreibt. Man kann Birkenblätter auch in der Apotheke kaufen. Wenn sie in Essig und Wasser einige Tage ziehen, wird daraus ein gesunder Haarfestiger.

Haarwasser für eine baldige Löwenmähne

Brennesseln in Essigwasser im Verhältnis 1:5 aufkochen, abgießen und immer wieder ins Haar massieren. Der Aufguß hält sich im Kühlschrank eine Woche. Brennessel hat Gerbsäure, Provitamin A, Lecithin und Pflanzenschleime. Das fördert den Haarwuchs.

Algen-Haarelixier

Das ist ein japanisches Rezept, aber die kleinen rotvioletten, kräuseligen Algen mit Bläschen in den Blättern, die man mit den Fingern aufknacken kann, findet man auch an europäischen Stränden. Eine Handvoll getrockneter Algen wird in 3 Tassen Wasser in einem Emailtopf aufgekocht, durchgesiebt und wieder abgekühlt. Das rötliche Wasser auf dem gewaschenen, feuchten Haar verteilen und in die Kopfhaut einmassieren. 20 Minuten auf dem Kopf lassen, dann ausspülen. Dieses Elixier mit seinen Mineralien und Spurenelementen ist ein wahres Wundermittel für jeden Kopf.

Zypresse für feines, fettiges Haar

Ein paar Tropfen Zypresse in fertigem alkoholischem Haarwasser lösen und zweimal in der Woche in die Kopfhaut einmassieren. Oder Sie kochen Zypressenzweige auf und machen eine Spülung mit dem Aufguß. Zypresse hat eine leicht zusammenziehende Wirkung, die das Haar griffig macht.

STYLEN *und* FESTIGEN

Farbiges Haargel

50 ml Gel mit Gelbildner oder Alginat oder einem anderen Geliermittel nach Anweisung anrühren (siehe auch Seite 44). Statt des Wassers nehmen Sie Hagebutten- oder Malventee oder einen kalten Auszug von frischen Brennesseln, dann wird das Gel rosa oder grün. Wenn Sie Wasser nehmen, tupfen Sie Ihren Rührlöffel ganz vorsichtig an die Flaschenöffnung einer blauen Lebensmittelfarbe. Die meisten Haargele enthalten Alkohol. Das kann aber leicht die Kopfhaut austrocknen, und dann rieselt der Schnee. Da ein Gel nicht so schnell verbraucht wird, muß man es konservieren. Zum Beispiel mit 1 Tropfen Paraben K auf 10 ml der Masse.

Himbeer, Waldmeister und Zitrone zum Zähmen

Kaufen Sie sich einfach die gemahlene Gelatine aus der Puddingecke im Supermarkt und rühren Sie sie nach Anweisung an. So viel brauchen Sie für Ihre Haare ja nicht, also gibt es den Rest zum Nachtisch. Das in dem Wackelpeter enthaltene Protein und den Zucker mögen auch die Haare, und der Schopf wird schön steif. Lassen Sie das Gel im Kühlschrank fest werden und rühren Sie es dann durch. Es läßt sich so besser verteilen. Wieder kühl stellen. Zitrone für blondes Haar, Grün und Rot für Dunkelhaarige. Der Geruch ist angenehm dezent und fruchtig.

Festiger

1 Zitrone ◆ 1 TL Schnaps ◆ 2 TL konzentrierter Kräuteraufguß aus Rosmarin oder Kamille

Die Zitrone auspressen, alles miteinander vermischen und auf die feuchten Haare geben oder einen fertigen alkoholischen Kamillenauszug aus der Apotheke mit Zitronensaft mischen.

Kringelige Lockenpracht

Wer eine Naturkrause hat, die sich nicht schön in langen Locken kringelt, sondern fusselig ist und glanzlos, kann etwas dagegen tun. Das feuchte Haar wird sorgfältig mit Haargel oder einem anderen Festiger bearbeitet. Dann trennen Sie einzelne Strähnen ab und wickeln sie in Achterbahnen um lange Haarnadeln herum. Feststecken und langsam und nicht zu heiß fönen.

Bierfestiger

Ein ganz besonders kräftiger Haarfestiger ist Bier. Nach dem letzten Waschgang kippen Sie sich ein Glas über den Kopf und stylen naß. Wenn Sie die Haare nach dem Trocknen nicht ausfrisieren, sind sie bretthart, was manchmal bei Tangofrisuren durchaus erwünscht ist. Auch krause Locken kringeln sich sauberer, und man kann rasante Wellen meißeln. Wer die Haare auskämmt, wird merken, daß das Haar voluminös geworden ist und sich schön dick und fest anfühlt. Der Geruch ist ganz und gar verflogen. Man kann auch etwas Bier in einen Zerstäuber füllen und über die Frisur sprayen. Das hält gut, riecht nicht und pflegt.

Haaraufheller

Aus 30 g römischer Kamille wird in 1 l Wasser ein Auszug hergestellt. Das Haar wird mit der Abkochung naß gemacht. Danach den Saft von 2 Zitronen über das Haar verteilen. Einziehen lassen. Eventuell Zitronenrest und Tee noch einmal auftragen. Nun trocknen lassen. Wenn man die Flüssigkeit in den Händen hält und dann vom Haaransatz aus mit den Fingern wie mit einem Kamm durch das Haar fährt, hellt sich das Haar schön dicksträhnig auf. Besonders, wenn es in praller Sonne trocknet.

Für schwarzes Haar

100 g äußeres Grün der Walnuß ◆ *50 g Alkohol* ◆ *ein paar Tropfen Rosmarin* ◆ Alles zusammen 10 Tage ziehen lassen, dann durchsieben und jedesmal nach dem Waschen in die Haare einmassieren. Das vertieft den dunklen Glanz.

Gegen graues Haar

In Rußland reibt man sich in manchen Gegenden die Kopfhaut gründlich mit Zwiebel- und Knoblauchsaft ein, damit die Haare nicht grau werden. Mal probieren, wenn niemand in der Nähe ist. In Japan reibt man sich täglich die Stellen damit ein, an denen die Haare ausfallen.

Gewiß ist das gut für die Durchblutung der Kopfhaut und damit auch für Wuchs und Pigmentierung, wenn man sorgfältig massiert und nicht etwa ungeduldig kratzt.

Tee für tiefe dunkle Farbe

Kochen Sie einen sehr starken Salbeitee und lassen ihn abkühlen. Bewahren Sie ihn im Kühlschrank auf, da hält er ein paar Tage. Mit diesem Tee sollten Sie den Haarboden gründlich und vorsichtig massieren und die Haarwurzeln befeuchten. Der Tee kann auf der Kopfhaut trocknen, wenn sie ihn vorher gut durchgesiebt haben. Das Haar wird tief dunkel bei einer täglichen, liebevollen Behandlung.

5

Parfums

UND

Düfte

FÜR SCHÖNE

Stunden

Selbstgemachte Duftwässerchen sind besonders raffiniert, obwohl wir viel weniger Duftstoffe verwenden als die Parfumindustrie, die Hunderte von verschiedenen Aromen einsetzt, um einen einzigen dominanten Duft zu stützen. Unsere Rezepte ergeben sehr leichte Düfte, die auf der Haut haften, aber nicht die Umgebung betäuben. Da sie aus natürlichen Essenzen zusammengesetzt sind, haben sie ein ganz anderes sinnliches Spektrum als viele der neuen Parfums, die überwiegend aus synthetischen Düften bestehen. Diese Industrie-Parfums riechen bei jeder Frau gleich. Sie verändern sich nicht auf der Haut, sondern überdecken die persönliche Duftstrahlung, die doch so geheimnisvoll ist, daß man näher heran möchte. Die neueren synthetischen, aber nicht etwa billigen Parfums, die binnen weniger Jahre viele kostbare und berühmte Parfums vom Markt verdrängt haben, stützen diese Ausstrahlung nicht, sondern übertrumpfen sie. Sie drängen sich eitel in den Vordergrund und sind so schnell zu identifizieren, daß eine erfahrene Konsumentin schon auf den ersten Riecher Marke, Preis und Klasse erkennt. Das heißt nun nicht, daß ein Tennisspielerinnen-Parfum lieber natürlich nach Schweißband riechen sollte, wir meinen nur, daß der Duft einer Person bei der Person bleiben sollte, die ihn trägt, daß er ihren Auftritt abrunden sollte, aber nicht beherrschen. Unsere Rezepte sind unaufdringlich, wärmend, erotisch oder sportlich. Sie ergeben elegante Parfums, die Sie schneller, als Sie erwarten, in eine ganz neue Leidenschaft hineintreiben werden. Nach unserer Erfahrung werden alle privaten Duftmischer und Schnüffelfrauen geradezu süchtig und besorgen sich alle Düfte, die sie auftreiben können. Schnüffelt so ein duftverliebter Mensch an einem Fläschchen simpler, aber echter Pampelmusenessenz, verdreht er die Augen, trinkt, schmeckt, saugt den Duft in sich hinein und grunzt ihn mit einem leicht irren Blick wieder heraus. Das können Sie ganz leicht beobachten, wenn Sie mal in einige der im Anhang aufgeführten Läden gehen, wo die Nasen an den Regalen mit den Essenzen hängen. Die erotische Kraft eines Duftes war den Menschen schon in der Antike bekannt, und es gibt

Eleganz

wohl keine Frau und keinen Mann, die sich nicht wenigstens bei besonderen Gelegenheiten parfümieren. Die meisten gehen gar nicht aus dem Haus, ohne sich mit einer bestimmten Duftaura zu umgeben, die ihre Persönlichkeit unterstreicht oder sie nur einfach beschwingt wie schöne Musik. Düfte wirken ganzheitlich, also gleichermaßen auf Körper, Nerven, Psyche und Sinne. Sie erregen unsere Phantasie und unser Verlangen und bringen mit ihrer aphrodisierenden Kraft Romantik in unser Leben. Eine Duftkomposition besteht aus der Kopfnote, der Herz- oder Mittelnote und der Basisnote. Kopfnote, das sind die Düfte, die als erste in die Nase steigen und sich auch als erste wieder verflüchtigen: Orange, Bergamotte, Lavendel, Basilikum, also leichte, frische Blüten und Kräuter und Zitrusdüfte. Herznoten oder Mittelnoten haften länger, sie steigen auch erst später aus dem Duftbouquet auf: Rose, Zeder, Nelke, Zimt, Geranie, Sandelholz, die etwas schwereren Blüten, Kräuter und Gewürze. Basisnoten runden den Duft ab und bleiben als Idee des ganzen Duftklanges am längsten auf der Haut haften. Sie sollten nur sehr gering dosiert werden: Patschuli, Ambra, Benzoe, Vanille, Weihrauch, Moschus. Probieren Sie selber. Wenn Ihnen ein bestimmtes ätherisches Öl fehlt, variieren Sie das Rezept und ersetzen den fehlenden Duft durch einen ähnlichen. So können Sie innerhalb der Duftskala von Gewürzen, Blüten oder Zitrusfrüchten ohne böse Überraschungen die Essenzen tauschen und erhalten immer neue Kompositionen. Die Kräuteressenzen kann man nicht ganz so kühn austauschen, aber einen Versuch ist es immer wert. Wenn die Eaux de toilette, die Sie selber mischen, ganz frei von harzigen Schwebstoffen sein sollen, die sich in den Essenzen befinden, müssen sie für 24 Stunden in den Kühlschrank verbannt werden. Die Schwebstoffe haben sich danach auf dem Grund abgesetzt und können mit einem Kaffeefilter herausgefiltert werden. Welche Alkohole und welche Mengen Sie für die verschiedenen Konzentrationen brauchen und andere nützliche Tips finden Sie ab Seite 152.

Romantik

Floridawasser

12 Tropfen Bergamotte ◆ 44 Tropfen Nelke ◆ 7 Tropfen Zimt ◆ 6 Tropfen Zitrone ◆ 3 Tropfen Lavendel ◆ 3 Tropfen Jasmin ◆ 200 ml Rosenwasser ◆ 40 ml Alkohol (96 Volumprozent)

Statt Rosenwasser und Alkohol können Sie auch 240 ml Kornschnaps nehmen, den Sie mit 3 Tropfen Rose beduften. Dann bleibt die Flüssigkeit klar.

Dieses Eau de toilette duftet so fein und charaktervoll wie die Wässerchen, die es für viel Geld nur noch in Klosterapotheken und edlen alten Pharmazien in England oder Italien gibt. Kein neues Markenparfum kommt diesem Duft nahe. Sie können ihn auch noch etwas intensivieren, denn er ist in der genannten Konzentration sehr zurückhaltend und vornehm.

Tausendschön

5 ml Jojobaöl ◆ 10 Tropfen Jasmin ◆ 5 Tropfen Rose ◆ 1 Tropfen Sandelholz ◆ 1 Tropfen Hyazinthe ◆ 1 Tropfen Honig ◆ Ein warmer, verführerischer Duft, der beschwingt und fröhlich macht und an «Joy» von Jean Patou erinnert.

Splash für die Sommerschöne

25 ml destilliertes Wasser ◆ 25 ml Alkohol (96 Volumprozent) ◆ 10 Tropfen Bergamotte ◆ 7 Tropfen Zitrone ◆ 10 Tropfen Eisenkraut ◆ 10 Tropfen Pampelmuse ◆ 2 Tropfen Pfefferminze ◆ 2 Tropfen Patschuli ◆ Sehr frisch, sehr fruchtig.

Lieblingsparfum Carnation

10 ml Alkohol ◆ je 10 Tropfen Geranie, Nelke, Vanille und dann je nach Geschmack intensivieren ◆ Das ist ein besonders warmer, weiblicher, orientalischer Duft, der an «Malmaison» von Floris erinnert.

◆ Die Beschreibung der Inhaltsstoffe und Tips, wo man sie kaufen kann, finden Sie ab Seite 152.

Tröstender Duft für eine bleiche Schönheit im Bett

6 EL Rosenwasser ◆ *40 Tropfen Lavendel* ◆ *50 ml Alkohol (96 Volumprozent)* ◆ Die Flüssigkeit wird milchig, wenn man sie zusammenschüttelt. Der Duft ist erfrischend und unaufdringlich und macht bestimmt mehr Freude als der übliche Blumenstrauß.

Mondäner Duft der zwanziger Jahre

Jasmin ◆ *Ylang-Ylang* ◆ *Nelke* ◆ *Maiglöckchen* ◆ *Patschuli* ◆ *Vetivert* ◆ *Bergamotte* ◆ *200 ml Alkohol (96 Volumprozent)* ◆ Das Rezept ist nicht vollständig, aber die Kombination der Düfte ist sehr extravagant und harmonisch. Wenn man von jedem Duft 7 Tropfen nimmt und dann noch die Richtung verstärkt, die man mag, hat man ein sehr apartes Eau de toilette.

Lavendel-Liebe

10 Tropfen Jojobaöl ◆ *40 Tropfen Lavendel* ◆ *10 Tropfen Sandelholz* ◆ *3 Tropfen Zimt* ◆ Auf diese Weise wird Lavendelduft sehr elegant und raffiniert veredelt.

Duft-Kapriolen

Parfums, die uns gar nicht oder nicht mehr gefallen, können wir selbst verändern und dem Duft eine ganz andere Richtung geben, wenn wir ihn umbauen. Nelke ist ein Duft, der zum Beispiel ohne viel Federlesens aus einem süßlich-neckischen Blumenstrauß einen ganz voluminösen, orientalischen Schleier zaubern kann, indem er die ganze Basis des Dufts umdreht. Sie können aber auch an der oberen, leichter flüchtigen Kopfnote herumbasteln und durch Minze dem Duftklang eine ganz neue, erfrischende Wende geben. Mit mehr Alkohol kann ein aufdringlicher Duft erträglicher werden, und mit zusätzlichem Wasser kann er als After-bath-

Splash von der ganzen Familie verbraucht werden. Experimentieren Sie auch mal mit Parfumproben.

Es ist ganz leicht und manchmal sehr überraschend, eigene Duftauszüge herzustellen. Dazu kann man Kräuter und Hölzer und sogar Kaffee und Blüten in Öl oder in Alkohol einlegen.

Café olé

4 TL Alkohol (96 Volumprozent) ◆ *1 TL gemahlener Kaffee* ◆ Der Kaffee wird in den Alkohol gestreut. Dazu kommen noch etwa 4 Tropfen Vanille (Essenz von Bourbon-Vanille) und 4 Tropfen Zitrone und 4 Tropfen Rumaroma, das ruhig aus der Backabteilung stammen darf. Die Mischung soll dann 2–3 Tage ruhen, dann kommt sie für eine Nacht in den Kühlschrank, und danach wird sie sorgfältig gefiltert. Dieses Parfum darf nur auf die nackte Haut geraten, denn es ist kaffeebraun und färbt sonst das Hemd. Es hat einen herbwarmen, sehr stimmungsvollen Duft, der zum Anbeißen riecht.

Tabakduft für einen Nichtraucher

Wenn Sie schon einmal dabei sind, ungewöhnliche Parfums zu mischen, versuchen Sie es auch noch mit einem Alkoholauszug aus Tabak, der mit Vanille und einem bißchen Vetivert gewürzt wird. Es gibt Frauen, auf die Pfeifenraucher besonders anziehend wirken, nur wegen des rasanten Dufts, der ihren Tabaksdosen entströmt.

After eight

Tropfen Sie etwas Minze in den gemahlenen Kaffee, duftet er nach Eiskaffee. Aber auch Kaffee mit Zimt, Ingwer, Rum oder Vanille sind gelungene Mischungen.

Duft für einen bärigen, dunklen Typ

5 Tropfen Limette ◆ 2 Tropfen Basilikum ◆ 10 Tropfen Rosenholz ◆ 2 Tropfen Nelke ◆ 2 Tropfen Patschuli ◆ 2 Tropfen Vanille ◆ 3 Tropfen Eichenmoos ◆ Alkohol (96 Volumprozent) ◆ destilliertes Wasser ◆ Die Duftmischung erst vorsichtig mit 5 ml Alkohol mischen, ein paar Stunden stehenlassen und dann die Intensität prüfen. Aber nicht mit der Nase an der Flasche, sondern mit einem Tröpfchen auf dem Handgelenk. Mit Wasser verdünnen. Das ist ein schwerer, würziger Duft, ein Schmelz-Wasser für die Frau, die ihm vielleicht willig in die Höhle folgt.

Für eine blonde Schönheit

10 ml Jojobaöl ◆ 15 Tropfen Geranie ◆ 4 Tropfen Zitrone ◆ 2 Tropfen Vetivert ◆ Sweet and light, aber keineswegs frisch und sportlich.

Jungle Flower

10 ml Jojobaöl ◆ 40 Tropfen Ylang-Ylang ◆ 20 Tropfen Peru-Balsam ◆ 10 Tropfen Rosenholz
Das ist ein schwerer, erotischer Duft für eine Frau, die sich traut.

Her first perfume

Kinder brauchen eigentlich kein Parfum, denn sie riechen auch ohne schon charmant. Aber anstatt dem kleinen Mädchen ein teures Fläschchen zu kaufen, weil sie mit Barbie unbedingt «Rendezvous mit Ken» spielen will, kann man das Parfum ja mit ihr und Barbie zusammen zaubern.

10 ml Jojobaöl ◆ 10 Tropfen Orange ◆ 4 Tropfen Limette ◆ 4 Tropfen Vanille ◆ 2 Tropfen Honig ◆ 2 Tropfen Zimt ◆ Alles miteinander vermischen und in ein niedliches Fläschchen füllen. Mit einem Schleifchen aus Weihnachtsglitzerband um den Flaschenhals oder einem Anhänger verzieren.

RAUMDÜFTE

Das Kokeln mit Tannenzweiglein gehört zu den unvermeidlichen Begleithandlungen beim Kekseknabbern. Es handelt sich dabei wohl um eine instinktive Regung, weil der Mensch weiß, daß verbrannte Fichten-, Tannen- und Kiefernnadeln die Luft reinigen, alles Böse und Negative vertreiben, die Heilung bei Erkältung fördern.

Reinigende und stimulierende Düfte kann man aber auch ohne Kokelei erzeugen, und zwar mit Duftlampen.

Duftlampen gibt es inzwischen in allen Stilrichtungen und Farben, ein Tee-Stövchen mit einem Wassernapf tut es aber auch. Ein Stövchen mit einer großen Wasserschale ist sehr praktisch, weil das Teelicht meistens noch brennt, wenn das Wasser in der Duftlampe längst verdampft ist. Dann verbrennen die ätherischen Öle, es gibt schmierige Rückstände, und der Duft hat seinen Zauber verloren.

Träufeln Sie einige Tropfen ätherisches Öl in das Wasser. Der aufsteigende Dampf trägt die Duftmoleküle in die Raumluft. Die Anzahl der Tropfen richtet sich nach der Größe des Raumes und danach, wie intensiv die Essenz duftet. Man rechnet ungefähr 5–15 Tropfen für einen 25 Quadratmeter großen Raum. Nehmen Sie nicht so viel, wie Ihnen im Augenblick angenehm erscheint. Es ist besser, wenn der Duft kaum wahrgenommen wird. Sonst kann er leicht unangenehm werden oder sogar Kopfschmerzen oder Übelkeit verursachen.

Man kann aber auch eine Blumen-Sprühflasche benutzen, um damit Räume zu beduften. Im Winter können Sie feuchte, duftende Tücher auf die Heizung legen. Ein Schälchen auf der Heizung oder ein Wasserbehälter zum Anhängen erfüllt den gleichen Zweck.

Für ein Frühstück im Bett

6 Tropfen Bergamotte ◆ *2 Tropfen Neroli* ◆ *2 Tropfen Geranie* ◆ *1 Tropfen Eisenkraut*
Dieser Duft wird Sie erheitern und munter machen.

Beschwichtigender Dunst für heiße Debatten und einen Ehekrach

2 Tropfen Muskatellersalbei ◆ *1 Tropfen Vetivert* ◆ *4 Tropfen Zitrone* ◆ Schafft eine beruhigende und wache Atmosphäre.

Aroma, das bei Hochzeiten und Partys für Hochstimmung sorgt

Jeweils 2 Tropfen Orangenblüte ◆ *Weihrauch* ◆ *Lorbeer* ◆ *Honig* ◆ *Zitronenschale* ◆ *Zimt* ◆ *Wacholder* ◆ Der Duft wirkt positiv und macht gute Laune.

Für Mut und Kühnheit vor Herausforderungen

2 Tropfen schwarzer Pfeffer ◆ *2 Tropfen Ingwer* ◆ *2 Tropfen Nelke* ◆ *2 Tropfen Geranie*
Der Duft stimuliert und entspannt ein paar Stunden vorher. Sie wagen den Sprung ins Wasser.

Duft für Madame, wenn sie schlechte Laune hat

2 Tropfen Rose ◆ *4 Tropfen Lavendel* ◆ Der Duft beruhigt und stimmt sanft, und Madame wird sich gleich selbst wieder mögen.

Heißer Musenkuß für Dichterinnen und Maler

2 Tropfen Iris ◆ *1 Tropfen Tonka* ◆ *2 Tropfen Rose* ◆ Die Mischung fördert gelassene Konzentration und Kreativität.

Ein Duft, der frisch und flink macht

4 Tropfen Bergamotte ◆ *2 Tropfen Pfefferminze oder Eisenkraut und Orange oder Lemongrass und Neroli* ◆ Das ist gut für die Konzentration. In Japan werden inzwischen ganze Bürohäuser über die Klimaanlage mit Zitrus- und Minzdüften beduftet. Die Angestellten sollen damit auf Trab gebracht werden.

Anregender Duft für eine lahme Konferenz

6 Tropfen Ysop ◆ *2 Tropfen Melisse* ◆ *1 Tropfen Minze* ◆ *1 Tropfen Limette* ◆ Sie sollten den Duft immer bei sich tragen. Ein paar Tropfen aufs Taschentuch und schnüffeln. Das macht wach und kommunikativ, und Sie kommen groß heraus, wenn die anderen durchhängen.

Duft für Gelassenheit und Sanftmut

2 Tropfen Geranie ◆ *2 Tropfen Bergamotte* ◆ *2 Tropfen Minze* ◆ Geranienöl entspannt und nimmt das Ungute und Überdrehte aus einer Stimmung.

Duft für die wilden Kerle beim Skat

4 Tropfen Lemongrass ◆ *5 Tropfen Limette* ◆ *4 Tropfen Myrte* ◆ Das verschafft den Kerlen erhöhte Aufmerksamkeit und Konzentration.

Duft für die wilden Weiber beim Doppelkopf

Versuchen Sie Bergamotte und Eisenkraut. Dann wird viel gelacht und trotzdem aufgepaßt.

Schlafzimmerduft

2 Tropfen Rose ◆ *7 Tropfen Lavendel* ◆ *2 Tropfen Neroli* ◆ Sie werden bei diesem Duft schlafen wie auf rosa Wolken, denn er wirkt beruhigend und leicht aphrodisisch. Aber pusten Sie die Lampe aus, bevor Sie einschlafen, sonst muß noch die Feuerwehr kommen.
Vielleicht ist es praktischer, das ätherische Öl in 10 ml Alkohol zu lösen oder mit Wasser zu verdünnen und auf die Bettwäsche zu sprühen.

Sinnlicher Duft fürs Bett

2 Tropfen Ylang-Ylang ◆ *7 Tropfen Sandelholz* ◆ *2 Tropfen Neroli* ◆ Dieser Duft ist aphrodisierend und entspannend und verzaubert die Bettwäsche.

Duft für die lieben Kleinen

8 Tropfen Mandarine ◆ *2 Tropfen Honig* ◆ Der Duft paßt zu einem Kinderfest und schafft eine geborgene, fröhliche Stimmung. Legen Sie aber lieber ein angefeuchtetes und beduftetes Tuch auf die Heizung oder versprühen Sie den Duft, mit Wasser vermischt, im Kinderzimmer. Bei einer Geburtstagsparty eignen sich zusätzlich 2 Tröpfchen Vanille zur Besänftigung. Damit sich die Kleinen nicht prügeln.

Weihnachtsduft

11 Tropfen Fichtennadel ◆ *1 Tropfen Zimt* ◆ *2 Tropfen Kardamom* ◆ *3 Tropfen Orange* ◆ Das macht eine schöne Stimmung in der Adventszeit und in den Zimmern, die der Weihnachtsbaum mit seinem Duft nicht erreicht. Der Tannenbaum kann nach ein paar Tagen auch eine Sprühung mit Wasser und ein paar Tropfen Fichtennadel oder Pinie zum Aufforsten bekommen.

Erfrischung unterwegs

5 Tropfen Bergamotte ◆ *3 Tropfen Lavendel* ◆ *3 Tropfen Petitgrain* ◆ *2 Tropfen Limette* ◆ *1 Tropfen Zitrone* mit einem 1 Eßlöffel Kornschnaps vermischen und in ein kleines Fläschchen füllen. Für Stirn und Nacken während einer langen Fahrt. Das erfrischt, und Sie können wieder lächeln.

Scent of the family

Getrocknete Zitronen- und Apfelsinenschalen in Alkohol einlegen und den Alkoholauszug mit Wasser verdünnt in eine Wasserschale auf die Heizung stellen. Dazu kommen noch 2 Tropfen Kokos oder Vanille. Am nächsten Tag ein bißchen Kaffeerest oder Kräutertee nachgießen, weil die Flüssigkeit zwischendurch verdunstet, und dann wieder von diesem und jenem. So hat man seinen eigenen Hausduft, der sich immer erneuert und immer ein bißchen anders riecht.

Gegen Kopfschmerz und Herzeleid

1 Tropfen Lavendel ◆ *1 Tropfen Zitrone* ◆ *1 Tropfen Rose* ◆ Mit 1 Kaffeelöffel Kornschnaps vermischen. Ab und zu am Fläschen schnüffeln, das lindert und tröstet über das Gröbste hinweg.

Duft, der eine Frau zum Kaufen verführen soll

Ein paar Tropfen Bergamotte und Ingwer zu gleichen Teilen und eine Winzigkeit Pfeffer dazu. Der Duft steigert auf jeden Fall die Entschlußkraft, das macht der Ingwer, Bergamotte stimmt freundlich, und der Pfeffer gibt den Ruck. Wenn die Kundin dann doch nichts kauft, macht das ja nichts. Hauptsache, sie grabbelt nicht unentschlossen alles an und nervt die Verkäufer. In einigen Boutiquen versucht man tatsächlich schon, das Verhalten der Kundschaft mit Aromen zu beeinflussen.

Frische-Flair fürs ganze Haus

Aus dem Gewürzbord nehmen Sie ein bißchen getrockneten Ingwer, ein paar Nelken, Pfeffer, 1 Zimtstange, 1 Vanilleschote. Dazu kommen Zitrusschalen und ein paar Tropfen Pfefferminze. Alles wird mit Schnaps bedeckt. Am besten mit Korn. Nach ein paar Tagen sieben Sie alle Gewürze durch, verdünnen die Flüssigkeit mit Wasser und füllen sie in eine Sprayflasche. Das bringt frischen Wind in Keller, Schuhschrank, Umkleidekabinen und alle anderen Ecken, in denen der Muff nistet. Der Alkoholauszug kann auch ins Wischwasser gegossen werden.

Exit North Beach

Damit auch Ledersitz-Oldtimer wie neu riechen, hat die Duftindustrie ein Neuwagenflair erfunden, das nach Plastik und Kunstleder riecht. Wenn Sie in Ihrem mintfarbenen Cadillac den kalten Rauch und die muffige Luft vertreiben wollen, ohne seinen Charakter zu verderben, mixen Sie Minze, Lavendel und Vanille 1:1, träufeln Sie die Mischung auf einen Wattebausch und deponieren Sie ihn im gesäuberten, geöffneten ehemaligen Aschenbecher.

Ein Duft, der ihn einschläfern soll, wenn sie noch allein weg will

Kamille ◆ *Lavendel* ◆ *Majoran je 2 Tropfen in die Duftlampe* ◆ Das wirkt auf ihn sehr beruhigend und stabilisierend auf sie.

Riechfläschchen, falls einer bei meinem Anblick in Ohnmacht fällt

5 ml Essigessenz ◆ *20 Tropfen Nelke* ◆ *20 Tropfen Pfefferminze* ◆ *20 Tropfen Kampfer* Wer mit seiner Nase direkt am Fläschchen riecht, kriegt einen Tritt und ist sofort wieder auf den Beinen. In der Apotheke gibt es noch höherprozentige Essigsäure für den Erste-Hilfe-Koffer.

6

Gut zu *wissen*

Die HAUTTYPEN

Es gibt verschiedene Hauttypen, die verschieden behandelt werden wollen. Wenn Sie nicht sicher sind, wie Sie Ihre Haut behandeln sollen, fragen Sie einen Arzt oder eine Kosmetikerin.

Die trockene Haut

Sie ist glatt, straff und feinporig, wird aber leicht spröde, rötet sich schnell und ist dünn. Da sie wenig schwitzt, wird sie auch nicht so schmutzig wie fette Haut.

Reinigung Die trockene Haut sollte nur selten mit Seife gereinigt werden, und wenn, dann braucht sie danach Fett. Am besten verträgt sie eine Reinigung mit Hydro-Ölen und Hydro-Emulsionen, die mit Wasser emulgieren und warm abgewaschen werden. Dampfbäder lieber selten und nicht zu heiß anwenden. Alkoholische Wässer zum Reinigen sollten nicht mehr als 20 Prozent Alkohol haben.

Cremes Die trockene Haut hat gern Nährcremes, Nachtcremes, fette und gehaltvolle Cremes. Gele allein spannen die dünne Haut zu sehr. Man kann sie aber zusätzlich über die Creme legen, damit man nicht wie Speckschwarte glänzt.

Geeignete Öle Aprikosenkernöl, Avocadoöl, Mandelöl, Pfirsichkernöl, Sesamöl

Packungen Fette Emulsionen und Cremepackungen sind für diesen Hauttyp geeignet. Es sollten aber noch Zusätze wie Honig und Glyzerin, Lecithin und Kräuter beigemischt werden, damit der Haut nicht zuviel Feuchtigkeit entzogen wird.

Die normale Haut

Sie ist glatt, straff, geschmeidig und unempfindlich, feinporig und rosig. Diese Haut hätten alle gern, aber es gibt sie höchst selten. Sie kann alles vertragen und braucht keine besondere

Behandlung. Wechseln Sie Fett- und Feuchtigkeitscremes ab, und freuen Sie sich, daß Sie eine anspruchslose Haut haben.

Die fette Haut

Sie ist glänzend, grobporig und ölig. Oft hat sie Mitesser, sieht gelblich und unfrisch aus, weil sie dick und nicht transparent wirkt.

Reinigung Für die Reinigung sollte eine ebenfalls ölhaltige Emulsion genommen werden, damit die fettlöslichen Hautfett- und Stoffwechselrückstände entfernt werden. Auch Hydro-Öle sind geeignet und Seifen, wenn die Haut nicht zu empfindlich ist. Gesichtswässer können bis zu 50 Prozent Alkohol enthalten. Dampfbäder und Kompressen sind gut für die fette Haut, und da sie große Poren hat, verträgt sie bei Unreinheiten auch eine Tiefenreinigung mit Massage.

Cremes Die fette Haut braucht eine leichte, wasserhaltige Milch oder Creme oder eine Creme auf Gelbasis.

Geeignete Öle Leinöl, Sonnenblumenöl, Kräuterauszüge mit Salbei oder Rosmarin.

Packungen Puderpackungen aus Heilerde, Bolus alba, Weizen-, Reis- und Maisstärke oder Moorschlamm entstauen und entquellen und entziehen der Haut das Fett. Je kleiner die Körnchengröße, desto besser ist die Saugkraft und das Wasser- und Fettbindevermögen.

Die Mischhaut

Wenn Sie eine Mischhaut haben, sollten Sie die Behandlungsweise vorsichtig ausbalancieren. Mal fette Cremes, mal wäßrige Milch, je nachdem, was die verschiedenen Hautpartien brauchen.

PFLANZENÖLE *für die* KOSMETIK

Pflanzliche Basisöle eignen sich als Haut-, Gesichts- oder Massageöl. Man kann sie auch miteinander mischen. Für ein duftendes Öl nehmen Sie 100 ml Öl und 15–20 Tropfen Essenzen.

Aloe-Öl Es enthält die edelsten Stoffe für die Haut: Enzyme, Vitamine, Proteine, Mineralien. Sie aktivieren die Funktionen der Haut und regen die Feuchtigkeitsregulation an. Die Haut strafft sich. Sie heilt auch gut bei Sonnenbrand. Wird als Basisöl für besonders wirksame Gesichtspflegeöle, für trockene, müde und entzündete Haut verwendet.

Avocadoöl wird aus getrockneten Früchten extrahiert. Avocadoöl wird kaum ranzig. Es hat viel Vitamin A, B, D und E und ist deshalb für die Hautpflege sehr wertvoll.

Distelöl auch Safloröl, ist ein vitaminreiches Öl für trockene Haut und Körpermassage. Es zieht nicht so schnell ein und bringt einen leichten Lichtschutz.

Erdnußöl ist ein etwas zähes Öl, das nicht so gut von der Haut aufgenommen wird. Es ist bei einer Massage zu empfehlen, denn dann können die Hände schön über den Körper gleiten.

Haselnußöl für trockene und strapazierte Haut. Unraffiniert hat es einen feinen Nußduft, der besonders gut mit Sandelholz, Rose, Tonka, Ylang-Ylang harmoniert. Ein leichtes Öl für das Gesicht.

Johanniskrautöl ist ein öliger Pflanzenextrakt. Er wirkt straffend und hilft bei wunder, unreiner Haut. Nicht in der Sonne benutzen. Es macht die Haut lichtempfindlich.

Jojobaöl ist ein Heilwachs und für jeden Hauttyp geeignet. Es ist bis zu 25 Jahre haltbar und teurer als Pflanzenöle. Es hat sich bewährt bei entzündeter Haut, bei Ekzemen und Psoriasis. Es enthält wichtige Vitamine und Mineralien. Da es einen natürlichen Lichtschutzfaktor 4 hat, ist es auch als Basisöl für Sonnenöl geeignet, das man täglich auftragen kann.

Karottenöl Vitamin-E-reiches Öl, das in Cremes verarbeitet wird und zur bräunlichroten Färbung dient.

Kokusnußöl wird schon bei Zimmertemperatur fest. Es wird in der Karibik und in Asien direkt am Strand verkauft und ist vielseitig für Haut und Haar zu verwenden. Auch als Sonnenöl, aber nicht als richtiger Sonnenschutz.

Mandelöl ähnelt dem Hautfett, wird also besonders gut aufgenommen. Für alle Hauttypen, für jung und alt, für empfindliche, trockene und normale Haut. Auch für Babys und alte Menschen.

Nachtkerzenöl enthält bestimmte Fettsäuren, die trockene, schuppige Haut gut gebrauchen kann. Manchmal wird es sogar gegen Ekzeme und Neurodermitis eingesetzt. Es ist ein Wunderöl, auch zum Einnehmen.

Olivenöl aus erster Pressung ist sehr wertvoll in der Kosmetik und als Nahrungsmittel. Es hat einen starken Eigengeruch. Wer sich daran nicht stört, kann sich mit dem guten Salatöl vom Scheitel (einschließlich Haaren) bis zur Sohle beölen.

Rizinusöl ist ein Öl, das einen feinen Glanz erzeugt, und ist deshalb besonders für die Lippen in Lipgloss und für die Haare geeignet.

Sesamöl für trockene Haut. Das Öl hat einen natürlichen Lichtschutzfaktor 4 und wird in Sonnenölen verarbeitet.

Sonnenblumenöl ist trocken, also reich an ungesättigten Fettsäuren und Vitamin E. Für Cremes, Körperlotionen und Badezusätze für fette, unreine Haut.

Sojaöl ist ein leichtes, gut hautverträgliches Öl besonders für die fette und unreine Haut. Wird gern in Cremes und Lotionen verarbeitet, denn es zieht leicht in die Haut ein.

Weizenkeimöl sieht orangerot aus und hat einen strengen Eigengeruch. Es enthält Lecithin, Provitamin A und D und sehr viel Vitamin E. Es ist ein natürliches Konservierungsmittel. 20 Prozent Weizenkeimöl in einem anderen Basisöl macht dieses ein paar Wochen länger haltbar.

ÄTHERISCHE ÖLE *und ihre* WIRKUNGEN

Die Bedeutung der Pflanzenauszüge, ob wäßrig, ölig, durch Pressung oder durch Destillation, ist schon sehr alt und hat eher noch zugenommen, seit es gelungen ist, die therapeutische Wirkung für kosmetische und medizinische Zwecke wissenschaftlich nachzuweisen.

Ätherische Öle duften nämlich nicht nur nach den verschiedenen Kräutern und Blüten und Gewürzen, sie können im Bad, in Ölen über die Haut, durch den Mund und bei der Inhalation durch die Nase, in den Körper, in den Zellstoffwechsel, in den Kreislauf und sogar in die inneren Organe gelangen. Dort wirken sie durch ihre vielfältigen Inhaltsstoffe zum Beispiel desinfizierend, durchblutungsfördernd, entzündungshemmend, entspannend.

Wenn Sie ätherische Öle kaufen, versichern Sie sich, daß die Qualität gut ist, daß sie hundertprozentig rein sind. Im Anhang nennen wir einige Adressen, wo Sie ätherische Öle bestellen können.

Da manche ätherischen Öle bei manchen Menschen zu allergischen Reaktionen führen, machen Sie lieber einen Allergietest, bevor Sie Essenzen in Ihrer Kosmetik verwenden. Reiben Sie sich ein wenig auf die Innenseite des Unterarmes. Wenn Sie am nächsten Tag noch keine Reaktion wahrnehmen, können Sie die Essenz verwenden.

Basilikum *harmoniert mit Bergamotte, Geranie* ◆ Wirkung auf Nerven und Psyche: vertreibt die Angst, schärft die Sinne und stärkt den Willen ◆ Äußerliche Wirkung: Klärt matte und verstopfte Haut. Lindert Wespenstiche

Benzoe *harmoniert mit Rose, Sandelholz* ◆ Wirkung auf Nerven und Psyche: baut wieder auf bei emotionaler Erschöpfung und Niedergeschlagenheit, schafft ein Gefühl von Geborgenheit. Äußerliche Wirkung: glättet rissige und trockene Haut, hilft bei Entzündungen, Hautreizungen, Wunden

Bergamotte *harmoniert gut mit Zypresse, Jasmin, Lavendel, Neroli* ◆ Wirkung auf Nerven und Psyche: wirkt belebend und stimmungsaufhellend bei Ängsten, Depressionen und Spannungen ◆ Äußerliche Wirkung: hilft bei Akne, fettiger Haut, Kopfschuppen, Herpes ◆ Vorsicht! Nicht unverdünnt anwenden! 0,5–1 Prozent in ein Pflanzenöl rühren, sonst gibt es Pigmentveränderungen in der Sonne.

Cajeput Wirkung auf Nerven und Psyche: schafft Klarheit bei Verwirrung und Orientierungslosigkeit, gibt Antrieb für einen Neuanfang ◆ Äußerliche Wirkung: hilft bei Hautkrankheiten, Schuppen, kaputter Kopfhaut ◆ Bei Erkältung hilft eine Inhalation, damit man wieder Luft bekommt.

Eisenkraut (Verbena officinalis) *harmoniert mit Neroli, Jasmin, Orange, Wacholder, Zedernholz* ◆ Wirkung auf Nerven und Psyche: erfrischend, Rettung nach einem aufregenden Tag, verschafft ein Glücksgefühl ◆ Äußerliche Wirkung: tonisierend, antiseptisch ◆ Vorsicht! Nicht unverdünnt anwenden

Eukalyptus *harmoniert mit Benzoe, Lavendel, Fichte, Melisse, Kiefer* ◆ Wirkung auf Nerven und Psyche: fördert die Konzentration, lindert Neuralgien, schafft klare Gedanken und eine klare Sichtweise ◆ Äußerliche Wirkung: wirkt antiseptisch, regenerierend, desodorierend

Fichte *harmoniert mit Zeder, Rosmarin, Salbei* ◆ Wirkung auf Nerven und Psyche: stärkt bei allgemeiner Nervenschwäche, tröstlich bei Verlassenheit und wenn alles drunter und drüber geht

Geranie hat einen weiblichen, süßen Duft, der mit Basilikum, Zitrusölen, Rose harmoniert ◆ Wirkung auf Nerven und Psyche: gleicht Spannungen aus bei seelischen Belastungen, macht gute Laune und beruhigt ◆ Äußerliche Wirkung: reinigt und klärt die Haut, regt an und hilft bei Entzündungen

Honig *harmoniert mit Rose, Jasmin, mit allen Blüten- und Zitrusdüften* ◆ Wirkung auf Nerven und Psyche: schafft emotionale Wärme und Geborgenheit. In der Hautpflege wird die Essenz nicht benutzt. Dafür aber richtiger Honig, der die Haut belebt und zart und rosig macht.

Jasmin *harmoniert mit allen Düften, besonders mit Zitrusaromen* ◆ Wirkung auf Nerven und Psyche: sanft entspannend, weiblich, erogen. Wirkt verführerisch auf Männer. Vertreibt schwarze Gedanken. ◆ Äußerliche Wirkung: für alle Hauttypen, besonders für trockene, sehr empfindliche Haut.

Kamille *harmoniert mit Geranie, Lavendel, Rose, Neroli* ◆ Wirkung auf Nerven und Psyche: beruhigend bei Depressionen, Schlaflosigkeit, starker Erregung. Schafft Harmonie und Geborgenheit ◆ Äußerliche Wirkung: hilft bei Akne, bei Verbrennungen und trockener Haut, bei Reizungen und Wunden

Kampfer *harmoniert gut mit Weihrauch* ◆ Wirkung auf Nerven und Psyche: wirkt antidepressiv, fördert die klare Wahrnehmung und Konzentration. Gut bei Schlaflosigkeit, auch bei Schock, wird bei Erkältung in Bädern und Inhalationen eingesetzt. Wärmend und durchblutungsfördernd ◆ Äußerliche Wirkung: hilft bei Akne, fettiger Haut und Entzündungen

Kardamom *harmoniert gut mit Pinie und Zitrone, Ingwer und Zimt* ◆ Wirkung auf Nerven und Psyche: aufmunternd ◆ Äußerliche Wirkung: kräftigend und belebend

Lavendel *harmoniert gut mit den meisten Ölen, besonders mit Zitrusölen, Muskatellersalbei, Patschuli, Fichte und Rosmarin* ◆ Wirkung auf Nerven und Psyche: bringt Ängstliche wieder ins Gleichgewicht, hilft bei Depressionen, allgemeiner Nervenschwäche und Unruhe ◆ Äußerliche Wirkung: hilfreich bei allen Arten von Erkrankungen wie Akne, Furunkeln, Verbrennungen, Ekzemen, Schuppenflechte, Sonnenbrand

Lemongrass *harmoniert gut mit Zirbelkiefer, Eukalyptus, Wacholder, Geranie, Lavendel, Limette* ◆ Wirkung auf Nerven und Psyche: gibt Morgenmuffeln den richtigen Kick, peppt auf bei Konzentrationsmangel, schafft eine optimistische Atmosphäre und weckt Tatendrang ◆ Äußerliche Wirkung: reinigend und tonisierend bei fetter, großporiger Haut

Majoran *harmoniert gut mit Bergamotte, Lavendel, Rosmarin* ◆ Wirkung auf Nerven und Psyche: gibt Ängstlichen Mut und Zuversicht, beruhigt bei Schlaflosigkeit, stabilisiert bei Trauer und Verzweiflung ◆ Bei äußeren Anwendungen wird nur das Kraut benutzt

Melisse *harmoniert gut mit Geranie, Lavendel, Neroli, Ylang-Ylang* ◆ Wirkung auf Nerven und Psyche: löst warme Ströme aus, die wohltun bei Streß und Depressionen. Erfrischt und durchwärmt ◆ Äußerliche Wirkung: lindernd bei Bienenstich und Wespenstich und zur Einreibung bei Kopfschmerz und Rheuma

Muskatellersalbei *harmoniert mit Zedernholz, Zitrusölen, Weihrauch, Geranie* ◆ Wirkung auf Nerven und Psyche: leicht aphrodisierend, nimmt die Last von den Schultern und gibt Kraft bei Überanstrengung, Nervosität und Angst ◆ Äußerliche Wirkung: für Haut und Haar bei Entzündungen und Schuppen

Myrrhe *harmoniert mit Lavendel, Kampfer* ◆ Wirkung auf Nerven und Psyche: befreiend, klärt den Blick für spirituelle Wahrnehmungen ◆ Äußerliche Wirkung: kühlend und entzündungshemmend bei Wunden und in der Zahn- und Mundpflege

Myrte *harmoniert mit Zirbelkiefer, Zitrone, Neroli, Zypresse, Lavendel* ◆ Wirkung auf Nerven und Psyche: bei Verzweiflung und Angst richtet Myrte wieder auf und schenkt Gelassenheit ◆ Äußerliche Wirkung: tonisierend, antiseptisch, desodorierend

Nelke *harmoniert mit Geranie, Zitrusölen, Zimt* ◆ Wirkung auf Nerven und Psyche: Nelke hilft, Last abzuwerfen, locker zu bleiben und gelassen zu reagieren ◆ Äußerliche Wirkung: bei Entzündungen (Zahnschmerzen) antibakteriell und reinigend

Neroli *(Orangenblüte) harmoniert mit Lavendel, Sandelholz, Jasmin, Rose, Geranie* ◆ Wirkung auf Nerven und Psyche: beruhigend und entspannend, aufbauend bei zerstörerischen Gedanken und Depressionen. In Bädern aphrodisisch ◆ Äußerliche Wirkung: pflegend und regenerierend in Cremes

Orange *(Orangenschale) harmoniert mit Koriander, Zimt, Sandelholz, Neroli, Wacholder, Zypresse, Ylang-Ylang* ◆ Wirkung auf Nerven und Psyche: erheiternd und anregend, sinnlich und wärmend ◆ Äußerliche Wirkung: beruhigend und entstauend bei Cellulitis, aufbauend bei trockener, gereizter und schlecht durchbluteter Haut ◆ Vorsicht! Kann auf empfindlicher Haut bei Sonnenbestrahlung Irritationen hervorrufen

Patschuli *harmoniert mit Bergamotte, Geranie, Lavendel, Myrrhe, Neroli, Rose und Fichte* ◆ Wirkung auf Nerven und Psyche: besiegt Ängste und Depressionen, ist stark, schwer und sinnlich und fördert Hingabe und Liebesgefühle. Äußerliche Wirkung: hilft bei rissiger und spröder Haut

Pfefferminze *harmoniert mit Benzoe, Rosmarin* ◆ Wirkung auf Nerven und Psyche: bei Neuralgien, Schock und allgemeiner Nervenschwäche hilfreich. Macht den Kopf frei, verschafft klare Sicht und geistigen Durchblick ◆ Äußerliche Wirkung: schreckt Insekten ab und lindert Entzündungen und Hautreizungen

Rose *harmoniert mit Bergamotte, Muskatellersalbei, Geranie, Jasmin, Patschuli, Sandelholz, Neroli* ◆ Wirkung auf Nerven und Psyche: beruhigt, macht weich und gütig und glücklich ◆ Äußerliche Wirkung: Pflegemittel für alle Hauttypen, aber besonders für trockene und empfindliche Haut

Rosmarin *harmoniert mit Minze, Zitrusölen, Wacholder, Zeder* ◆ Wirkung auf Nerven und Psyche: anregend, aufrichtend, stärkend bei allgemeiner Schwäche und Antriebslosigkeit ◆ Äußerliche Wirkung: antiseptisch und pflegend bei fetter, unreiner Haut und bei Kopfhautproblemen

Salbei *harmoniert mit Bergamotte, Zitrone, Lavendel, Rosmarin* ◆ Wirkung auf Nerven und Psyche: unterstützt die eigene Abwehr und Selbstheilung auch seelisch und stärkt Überempfindliche, denen alles leicht zu nahe geht ◆ Äußerliche Wirkung: wirkt anregend auf schlaffe und schlecht durchblutete Haut

Sandelholz *harmoniert mit Benzoe, schwarzem Pfeffer, Weihrauch, Neroli, Zypresse, Ylang-Ylang* ◆ Wirkung auf Nerven und Psyche: harmonisierend, aphrodisierend, regt Phantasie und Kreativität an, fördert die Intuition ◆ Äußerlich: wenn es juckt und die Haut rauh ist.

Schwarzer Pfeffer *harmoniert mit Weihrauch, Sandelholz* ◆ Wirkung auf Nerven und Psyche: anregend für den Kreislauf, lockert und erhitzt Körper und Geist. Wird zur Pflege nicht verwendet

Teatree oder Teebaum Wirkung auf Nerven und Psyche: wirkt beruhigend und fördert klare Gedanken. ◆ Äußerliche Wirkung: hilft bei Insektenstichen, Aknepusteln und Hautpilz

Thymian *harmoniert mit Bergamotte, Zitrone, Melisse, Rosmarin* ◆ Wirkung auf Nerven und Psyche: bei Schlaflosigkeit, bei Traurigkeit und schwachen Nerven. Stärkt den Willen ◆ Äußerliche Wirkung: bei Haarausfall und entzündlicher Haut

Wacholder *harmoniert mit Benzoe, Zypresse, Lavendel, Sandelholz* ◆ Wirkung auf Nerven und Psyche: wirkt beruhigend und aufbauend, bringt die Gefühle ins Lot und stärkt die Zuversicht ◆ Äußerliche Wirkung: hilft bei fetter, unreiner Haut und bei Kopfhautproblemen

Weihrauch *harmoniert mit Basilikum, schwarzem Pfeffer, Kampfer, Zitrusölen, Geranie, Lavendel, Fichte, Sandelholz* ◆ Wirkung auf Nerven und Psyche: lockert Anspannungen, begünstigt Meditation und spirituelle Energien ◆ Äußerliche Wirkung: hilft bei entzündeter und schlaffer Haut. Manche sagen, Weihrauch verjüngt ältere Haut

Ylang-Ylang *harmoniert besonders mit Jasmin und Sandelholz* ◆ Wirkung auf Nerven und Psyche: entkrampfend, erotisierend, weich, süß ◆ Äußerliche Wirkung: gut für fette und beanspruchte Haut

Zedernholz *harmoniert mit Bergamotte, Zypresse, Jasmin, Rosmarin* ◆ Wirkung auf Nerven und Psyche: vertreibt Angst und stabilisiert Überempfindliche ◆ Äußerliche Wirkung: gegen Akne und Schuppen. Schreckt Insekten ab

Zimt *harmoniert mit Zitrusölen, Nelke* ◆ Wirkung auf Nerven und Psyche: schafft emotionale Wärme und Geborgenheit ◆ Äußerliche Wirkung: hat starke antiseptische Eigenschaften

Zitrone *harmoniert mit Lavendel, Neroli* ◆ Wirkung auf Nerven und Psyche: bei Zentnerlasten auf der Seele wirkt es befreiend, frischt auf, belebt und bringt auf Trab ◆ Äußerliche Wirkung: zusammenziehend und abschwellend, kräftigend. Gut bei fetter Haut und Insektenstichen. Gutes Haarpflegemittel

Zypresse *harmoniert mit Lavendel, Fichte, Sandelholz, Wacholder* ◆ Wirkung auf Nerven und Psyche: beruhigend, tröstend, stärkend, gut für die Konzentration ◆ Äußerliche Wirkung: wohltuend bei fetter Haut, roten Äderchen, Schwitzen, wirkt zusammenziehend bei schlaffer Haut

Moschus, Amber und Zibet sind Düfte aus tierischen Sekreten, die in der Parfumindustrie für teure Parfums gebraucht werden. Man stellt sie heute aber nur noch synthetisch her. Einige Essenzen fehlen in dieser Aufstellung wegen ihrer geringen Bedeutung für die Hautpflege.

PARFUMS *und andere* DUFTWÄSSER

Für die Parfumherstellung verwenden wir nur den 96prozentigen Alkohol aus der Apotheke. Er ist geruchsneutral.

Die verschiedenen Konzentrationen für Duftwässer: 1 g = 1 ml = 20 Tropfen

Eau de Cologne

4–8 ml = 80–160 Tropfen Essenzen in 100 ml Alkohol

Eau de toilette

8–12 ml = 160–240 Tropfen Essenzen in 100 ml Alkohol

Eau de parfum

8–15 ml = 160–300 Tropfen Essenzen in 100 ml Alkohol

Parfum

15–30ml = 300–600 Tropfen Essenzen in 100 ml Alkohol, oder 30–60 Tropfen in 10 ml Alkohol

Für den Fall, daß Sie ein perfektes Eau de toilette herstellen wollen, ist es ratsam, die fertige Flüssigkeit 24 Stunden in den Kühlschrank zu stellen, weil sich die harzigen Schwebstoffe, die sich in den ätherischen Ölen befinden, dann am Boden festgesetzt haben. Wenn Sie das Eau de toilette dann etwa viermal durch denselben Kaffeefilter filtern, ist die Flüssigkeit nicht mehr trübe. Wenn sie milchig ist, liegt das am Wasser, mit dem Sie verdünnt haben. Das ist aber kein qualitativer Mangel, und vermeiden können Sie es nur durch einen höheren Alkoholgehalt. Wer hochprozentigen Alkohol nicht gut auf der Haut verträgt, kann statt dessen Korn oder Wodka nehmen oder ein Pflanzenöl.

Für ein Massageöl rechnet man 2–4 Tropfen ätherisches Öl in 10 ml (2 Teelöffel) Pflanzenöl.
Sehr gut eignet sich Jojobaöl, ein dünnflüssiges Wachs, das nicht ranzig wird, aber ein anderes geht auch. Stellen Sie nur kleine Mengen her und schütteln Sie das Fläschchen gut vor Gebrauch.

PACKUNGEN

Packungen beeinflussen die Haut sichtbar. Allerdings hält ihre Wirkung nicht lange an.
Wir können den Fettgehalt der Haut durch Zugabe oder Entzug von Fettstoffen verändern und den Wassergehalt durch Quellung und Entzug von Wasser.
Puderpackungen entquellen und entziehen der Haut Fett. Sie sind für die Behandlung fetter Haut und Mischhaut geeignet. Je kleiner die Körnchengröße der Puderpackung ist, desto besser ist ihre Saugwirkung. Es eignen sich zum Beispiel Weizenstärke, Reis- und Maisstärke, Moorschlamm, Tonerde. Sie kühlen gut und lassen sich gut verteilen. Damit sie nicht zu schnell hart werden und ihre Wirkung nachläßt, legt man ein feuchtwarmes Tuch darüber.
Cremepackungen sind gut für die Behandlung sehr trockener Haut. Allerdings müssen sie noch kosmetische Zusätze enthalten, die verhindern, daß der Haut zu viel Feuchtigkeit entzogen wird. Cremepackungen werden sehr dick aufgetragen und nach 20 Minuten abgenommen. Dann hat sich die Haut geholt, was sie braucht, und ist wieder weich und feucht.
Geeignete Zutaten für Packungen sind: *adstringierend:* Fruchtsäuren ◆ *anregend:* Kräuterauszüge ◆ *beruhigend:* Schleimstoffe, Früchte ◆ *besondere Wirkstoffe:* Vitamine, auch Lecithin oder Kräuterauszüge, Glyzerin, Bienenhonig, Eigelb, Karotin

VITAMINE

Alle Vitamine sind wichtig für die Gesundheit. Aber auch für ein schönes Aussehen. Wenn die Haut, die Fingernägel oder die Haare nicht gut aussehen, deutet das auf einen Vitaminmangel und/oder einen Mineralstoffmangel hin. Die Vitamine, die besonders für die Schönheit von Fingernägeln, Haut und Haar zuständig sind, nennt man auch Schönheitsvitamine:

Vitamin A Bei einem Vitamin-A-Mangel wird die Haut extrem trocken und rissig. Vitamin A fördert besonders die Wachstums- und die Erneuerungsprozesse der Oberhautzellen. Das heißt nicht unbedingt, daß alle Menschen mit trockener Haut unter Vitamin-A-Mangel leiden. Wenn der Mensch älter wird, wird auch die Haut trockener. Vitamin A in kosmetischen Pflegeprodukten soll das Wachstum der Hautzellen anregen und die Faltenbildung vermindern. Für die Haare ist Vitamin A genauso wichtig. Fehlt es im Körper, regnet es Schuppen, und die Haare werden brüchig.

Vitamin E (α-Tokopherol) wird auch Schutzvitamin genannt. Es schützt auch die Hautzellen vor dem Angriff der sogenannten freien Radikalen. Das sind aggressive chemische Verbindungen, die Zellen zerstören können. Sie entstehen durch Umweltgifte, durch Zigarettenrauch, oder sie bilden sich von selbst bei zu starker Sonnenbestrahlung der Haut. Wird Vitamin E äußerlich angewandt, schützt es die Haut vor diesen freien Radikalen und vor Schäden, die durch zuviel Sonne entstehen können. Vitamin E hält die Haut zart und weich, denn es bindet Hautfeuchtigkeit. Es ist bei der Hautpflege und in Sonnenschutzmitteln ein ganz besonders wertvolles Vitamin. Aber auch bei der Haarpflege. Vitamin E läßt die Haare wachsen und sorgt für die Farbe, außerdem schützt es die Haare vor Schäden durch die Sonne

Vitamin B Panthenol, auch Dexpanthenol oder D-Panthenol genannt, wird in der Haut in Pantothensäure umgewandelt. In kosmetischen Pflegemitteln kann es Wasser binden und trockene und empfindliche Haut gesund und geschmeidig erhalten. Vitamin B regt, ähnlich wie Vitamin A, das Wachstum der Hautzellen an. Bei Sonnenbrand beruhigt es und hilft der Haut, sich zu regenerieren, und es heilt kleine Wehwehchen.

Fehlt Vitamin B1 oder B6, fallen die Haare aus.

In den Spitzen gespaltenes, trockenes Haar braucht dringend Panthenol, weil das auch im Haar Wasser binden kann und die Haare glänzen läßt.

Biotin-Vitamin H wird nur über die Ernährung aufgenommen. Es ist ein wichtiges Vitamin für die Schönheit der Fingernägel und glättet auch die Hornschicht der Haut. Auch der Bauer weiß das und streut seinen Pferden Biotin ins Futter, wenn sie kranke Hufe haben.

Diese vier Vitamine sind Schönheitsvitamine, weil sie Haut und Haar pflegen und verbessern. Vitamin A und E und Panthenol (Dexpanthenol) wirken aber auch äußerlich auf die Haut. Alle anderen Vitamine werden einverleibt und wirken von innen nach außen. Sie sind nicht weniger wichtig, und wenn es dem Körper daran mangelt, zeigt sich das in Rissen und Schrunden, Entzündungen und anderen Häßlichkeiten.

KLEINES LEXIKON *der* KOSMETISCHEN ZUSATZSTOFFE

Alaun ist ein wasserlösliches Pulver, das blutstillend wirkt, desinfiziert und zusammenzieht. Verdünnt wird es Rasierwässern und Gesichtswässern zugesetzt. Auch als Antitranspiranzkristall.

Alkohol Für die Kosmetikherstellung wird nicht Trinkalkohol (Weingeist) verwendet. Er ist wegen der hohen Steuern zu teuer. Man nimmt den vergällten, den man als kosmetisches Basiswasser oder als kosmetisches Haarwasser kauft. Er hat auch 96 Volumprozent Alkoholgehalt, und da er schlecht riecht, wird er schwach parfümiert angeboten. Er enthält auch etwas D-Panthenol. Man kann ihn nach Bedarf mit Wasser verdünnen. Für die Parfumherstellung sollten Sie allerdings lieber Weingeist nehmen oder den geschmacksneutralen Kornschnaps, wenn Sie nicht hochprozentigen Alkohol verwenden wollen.

Allantoin wird aus der Beinwellwurzel gewonnen. Es hilft bei Entzündungen und Pickeln, heilt kleine Wehwehchen und klärt die Haut.

Benzoe ist das Harz eines Baumes. Benzoesäure ist in kleinen Mengen ein gutes antiseptisches Konservierungsmittel, das die Haut nicht reizt und leicht nach Vanille duftet.

Betain Tensid ist unter dem Namen Tegobetain zu kaufen. Sehr mild und hautfreundlich und gut für eine tränenlose Kinderkopf-Wäsche. Auch zum Strecken von aggressiveren flüssigen Seifen.

Bienenwachs besteht aus den entleerten Bienenwaben. Es ist gelb oder weiß gebleicht. Es läßt sich leicht verbinden mit anderen Fetten und Wasser und ist Bestandteil hochwertiger Cremes. Vorsicht bei Pollenallergien!

Bolus alba ist eine feine weiße Tonerde, die wegen ihrer entgiftenden und aufsaugenden Eigenschaften in Pudern und Puderpackungen Verwendung findet.

Borax Natriumtetraborat ist ein Emulgierhilfsmittel und wegen seiner antimikrobakteriellen Eigenschaften früher häufig in Kosmetika eingesetzt worden. Inzwischen ist es in Cremes, besonders für kleine Kinder, in Verruf geraten. Im Badewasser können wir Borax als Weichmacher noch ertragen.

Cetylalkohol ist ein Fettalkohol, fest und wachsartig und nur entfernt verwandt mit Schnaps. Cetylalkohol macht die Haut weich und in Haarkuren auch das Haar. Cetylalkohol gehört zu den Konsistenzgebern, mit denen man bestimmt, ob eine Creme weicher oder fester sein soll. 2 Prozent Cetylalkohol machen eine Creme schon ziemlich fest.

Elastin siehe **Kollagen**

Emulgatoren sorgen dafür, daß Fett und Wasser sich verbinden zu einer Emulsion. **Mulsifan** ist ein Emulgator, der nicht erwärmt werden muß. Er kann kalt in Reinigungsöle und Badeöle gerührt werden. **Tegomuls 90** ist ein Lebensmittelemulgator. Er wird aus Stearinsäure gewonnen und mit den Fetten verschmolzen, bevor das Wasser hinzukommt. Für dünnflüssige Emulsionen ist er sehr angenehm, weil er einen matten Schimmer auf der Haut erzeugt. **Lamecreme ZEM** muß ebenfalls geschmolzen werden. Es ist ein Emulgator, der auch für Lebensmittel zugelassen ist. Er hat viel Fettbindekraft und ist für Cremes besonders geeignet. **Lecithin CM** ist ein natürlicher pflanzlicher Emulgator, der in Cremes eingesetzt wird. Es gibt auch Lecithin BE für Öle und Badeöle. Lecithine dienen auch der Herstellung von Kuchen und Gebäck. **Natürliche Emulgatoren** sind zum Beispiel auch Milch und Sahne und Honig.

Fluids auch Nanoemulsionen genannt, werden hergestellt, indem fettlösliche Stoffe wie Vitamin E mit Wasser und Lecithin unter sehr hoher zentrifugaler Geschwindigkeit dazu gebracht werden, daß das Wasser sich an die Fetttröpfchen bindet und sie so wasserlöslich macht. Der Gebrauch von Fluids in der Kosmetik hat den Vorteil, daß Gele, die ja nur Wasser enthalten, ohne Zusatz von Emulgatoren mit Öl und fettlöslichen Vitaminen angereichert werden können, ohne ihre wäßrige Struktur zu verlieren.

Gelée royale Der königliche Saft der Biene wird in der Kosmetik zur Regeneration der Haut angewandt, die Wirkung ist aber nicht exakt definiert. Gelée royale ist reich an Vitaminen und Mineralstoffen, Enzymen und Proteinen.

Gelbildner Gele lassen sich mit verschiedenen Gelbildnern oder Verdickungsmitteln herstellen. Mit Gelatine zum Beispiel, das ist ein Kollagen, das aus tierischen Knochen hergestellt wird. Hauptsächlich wird es für Lebensmittel wie Wackelpudding eingesetzt. Mit Pektin, einem pflanzlichen Gelbildner, mit Alginaten wie Agar-Agar, die aus Seetang und Seealgen gewonnen werden, oder mit Xanthan, einem weiteren natürlichen Gelbildner, der als Lebensmittelzusatzstoff Weichkäse und Salatsaucen streckt. Es gibt aber auch chemische Gelbildner wie PNC 430 in den Geschäften, die kosmetische Zusatzstoffe führen.

Glyzerin ist stark wasserentziehend und trocknet die Haut aus. In Cremes wirkt die Wasserbindungskraft vorteilhaft, wenn man gering dosiert. Sonst erreicht man das Gegenteil.

Hamameliswasser wäßriger Auszug aus Blättern und Rinde des Hamamelisbaums. Es hat kräftigende, zusammenziehende und entzündungshemmende Fähigkeiten.

Hefe ist reich an Vitamin B. Wird innerlich und äußerlich angewandt, besonders bei unreiner, entzündeter Haut. Auch als Bierhefe oder Backhefe.

Hyaluronsäure ist der Hauptbestandteil der Füllmasse zwischen den Zellwänden. Sie befindet sich auch in unserer Gelenkflüssigkeit und im Glaskörper des Auges und gehört chemisch zur Gruppe der Zucker. Man kann sie Liposomen in einem Gel anhängen, die sie dann in die Tiefe der Haut tragen. Allerdings ist ihre Wirkung umstritten. In der Kosmetik glaubt man, den Alterungsprozeß damit aufhalten zu können.

Kakaobutter ist ein Nebenprodukt bei der Kakaoherstellung. Wird oft in Reinigungscremes verwandt, weil sie bei Hautkontakt schmilzt. Man verarbeitet sie gern mit Lanolin, weil sie dessen Klebrigkeit vermindert.

Kampferspiritus Kampfer aus dem Kampferbaum ist ein kristallartiges Pulver mit durchblutungsfördernden, entzündungshemmenden und keimtötenden Eigenschaften. Wird in geringen Mengen in Cremes und Lotionen und auch in Parfums verwendet. Kampferspiritus ist das in Alkohol gelöste Pulver:

90 ml Alkohol (96 Volumprozent), 10 g Kampferkristalle, 10 ml Wasser.

Nur zur örtlichen Betupfung von Entzündungen

Kollagen ist ein Protein, das sich im Bindegewebe von Mensch und Tier befindet und in der Haut viel Wasser binden kann. Deswegen sehen junge Menschen so glatt und prall aus. In späteren Jahren schwindet die Elastizität, was hauptsächlich auf Schäden durch Sonnenbestrahlung zurückzuführen ist, die wasserbindende Kraft läßt nach, die Haut wird schlaff. In Cremes kann Kollagen Wasser *auf* der Haut binden. Eindringen und von innen her reparieren und regenerieren kann Kollagen nicht. Und Elastin ebenfalls nicht. Dazu sind ihre Moleküle zu groß.

Konservierungsmittel siehe Seite 171 **Paraben K**

Kosmetisches Haarwasser oder Basiswasser ist vergällter Alkohol und billiger als Weingeist. Es ist dezent parfümiert, und man kann es bei der Kosmetikherstellung gut gebrauchen. Zum Halsabreiben oder mit Tee oder Wasser verdünnt, ist es auch ein gutes alkoholisches Gesichtswasser. Versuchen Sie auch Haarwasser aus dem Drogeriemarkt.

Lanolin wird aus dem Fett von Schafwolle gewonnen. In der Apotheke gibt es Lanolinanhydrid. Es ist gelb, wasserfrei und zäh. Seine hautpflegenden Eigenschaften machen es zu einem der bedeutendsten kosmetischen Grundstoffe. Es kann viel Wasser aufnehmen und zieht dadurch leicht ein. In einer Mischung mit Ölen und Kakaobutter wird Lanolin weich und geschmeidig. Allerdings ist Lanolin häufig mit Pestiziden belastet. Fragen Sie in der Apotheke nach der Qualität.

Liposome Liposome sind winzige Kügelchen, die mit verschiedenen Wirkstoffen beladen werden, die sie dann in die Haut tragen. Sie selbst haben keine Wirkung, sie transportieren lediglich. Aber keine fetten Substanzen und Proteine. Deren Moleküle sind zu dick. Liposome werden nur mit wäßriger Lösung beladen, deren Moleküle 200 Nanometer Durchmesser haben. Höchstens (1 Nanometer ist der millionste Teil eines Millimeters). Die Zwischenräume zwischen den Zellen der Epidermis sind nur 200–300 Nanometer groß. Die Liposomen schlüpfen glatt mit den Wirkstoffen huckepack zwischen den Zellen hindurch. In ein Liposomengel darf kein Fett, weil es nicht nur auf der Haut liegenbleiben würde, es würde sogar die wäßrige Lösung daran hindern, tiefer zu dringen. Liposome werden aus Lecithin hergestellt.

LV 41 ist ein Lösungsvermittler, mit dem man ätherische Öle im Wasser gut verteilbar macht. Er eignet sich auch für die Färbung von Ölen mit wäßrigen Lebensmittelfarben, wenn man keinen Emulgator verwendet.

Meristemextrakt ist ein pflanzliches Zellgewebe, das sich an den Wurzeln und Sprossen von Pflanzen immer wieder neu bildet. Er soll das Zellwachstum anregen, freie Radikale einfangen können und die Allergiebereitschaft senken, speziell bei Sonnenallergien.

Milchsäure entsteht bei der Milchsäuregärung, ist farblos und sirupartig. Sie hat hornlösende Eigenschaften. Allerdings darf sie nur sehr verdünnt angewandt werden, auf 100 ml 1 bis 2 Tröpfchen

Orangenblütenwasser wird bei der Destillation von Orangenblüten gewonnen und in der Kosmetik anstelle von Wasser benutzt.

Paraben K Parabene sind für Arzneien und Lebensmittel zugelassen, aber allergische Reaktionen sind nicht ausgeschlossen. Testen Sie 1 Tröpfchen in Pflanzenöl auf der Innenseite des Unterarms. 1 Tropfen Paraben K in 10 g Creme eingerührt, macht sie für einen Monat haltbar. **Heliozimt K** ist ein Konservierungsmittel, das nicht einmal deklariert zu werden braucht, denn es ist als Lebensmittelzusatzstoff zugelassen. Leider riecht es. Vorsichtshalber auch hierbei eine Allergie ausschließen.

Pflanzenextrakte sind ölige Pflanzenauszüge, die man in Cremes und Milch gut für die verschiedenen Hauttypen einsetzen kann. Es gibt verschiedene Extrakte mit verschiedenen Wirkungen, und es gibt auch Mischungen. Diese Pflanzenauszüge können auch so, wie sie sind, benutzt werden, wenn die Haut nicht fett ist.

Puder Als Pudergrundstoffe für Körperpuder dienen heute wie früher Reisstärke, Kartoffelstärke, Maisstärke, Talkum. Einzeln oder in einer Mischung. In Gesichtspuder verwendet man zusätzlich noch andere Puder, um die Substanz transparenter zu halten, und Farbpigmente.

Rosenwasser wird bei der Destillation von Rosenblüten gewonnen und in der Kosmetik anstelle von Wasser benutzt. Wirkt sehr belebend.

Tenside sind alle waschaktiven Substanzen, Seifen und Shampoos.

Vaseline wird durch Erdöldestillation oder künstlich hergestellt. Sie wird von der Haut nicht aufgenommen, da sie mineralisch ist. In der Kosmetik wird sie nur in Schminke und als Schutz gegen Nässe verwendet. In medizinischen Salben bildet sie die Salbengrundlage, in die mit Emulgatoren Medikamente eingearbeitet werden können.

Walratersatz Walrat ist ein Fett aus dem Walgehirn. Weil seine kosmetischen Eigenschaften so beliebt sind, war das mit ein Grund für die weltweite Ausrottung des Wals. Walratersatz ist genauso gut. Er ist ein Konsistenzgeber, der die Creme geschmeidiger macht als die gleiche Menge Bienenwachs oder Cetylalkohol. Kakaobutter macht Creme noch weicher als Walratersatz.

Zetesol ist ein hochkonzentriertes Tensid, das viel Schaum produziert. Man mischt es mit Betain. Zetesol wird für fettes Haar und fette Haut verwendet.

Zinkoxid wirkt entzündungshemmend und zusammenziehend und wird Puder zugesetzt und Heilsalben.

WO *Sie die* GENANNTEN ZUTATEN KAUFEN *oder* BESTELLEN *können*

In Apotheken:

Alaun, Allantoin, Alkohol, Benzoesäure, Bienenwachs, Bolus alba, Vitaminkapseln, Borax, Glyzerin, Birkenteer, Ichthyoleum purum, Schwefelpulver, Kampferspiritus und Kampferkristalle, Lanolin anhydrid, Milchsäure, Pottasche, Zinksalbe

In Reformhäusern:

Agar-Agar, verschiedene Pflanzenöle, Vitaminkapseln, Gelée royale, Hefe, Pflanzenextrakte

Im Supermarkt:

Hefe, verschiedene Pflanzenöle, gemahlene Gelatine, Maisstärke, Reisstärke, Kartoffelstärke, Rosenwasser (in türkischen Geschäften), Pottasche und Lebensmittelfarbe (Backabteilung)

Alle anderen Zutaten bekommen Sie in folgenden Läden, die auch einen Versandhandel haben. Die bestellten Artikel werden Ihnen zugeschickt. Am besten rufen Sie an und lassen sich eine Preisliste schicken und Prospekte. Sehen Sie auch in Ihrem Branchenbuch nach unter den Stichwörtern Natur, Gesundheit, Kräuter, Ätherische Öle, Kosmetikzubehör, Gewürze, Parfum, Aromatherapie.

In über 100 Filialen in ganz Deutschland gibt es alles, was zur Kosmetikherstellung nötig ist. Auch Töpfe und Flaschen. Einige Filialen halten auch Kosmetik-Rührkurse ab. Rufen Sie an, dann bekommen Sie ausführliches Material über die Produkte.

Spinnrad-Zentrale
45886 Gelsenkirchen
Am Luftschacht 3 a
Tel: 0209/170000
Fax: 0209/17000040

Secret emotion Ottenser Hauptstraße 44 22765 Hamburg Tel: 040/3902930 Fax: 3900586	Ein gut sortiertes Geschäft, das so hübsch und anregend ist, daß man es sich ansehen sollte, wenn man in Hamburg ist. Unter anderem haben sie dort gute Blüten- und Kräuterwässer (Hydrolate) und die Bourbon-Vanille-Essenz.
Calendula Michaelispassage 7 20459 Hamburg Tel: 040/346153	Ein gut sortierter kleiner Laden. Nette Beratung, sehr schöne Öl-Kräuter-Auszüge (7-Kräuter-Öl) für die verschiedenen Hauttypen. Die Versandadresse ist: I & W, Jägerstraße 24, 22929 Schönberg, Tel: 04534/466
Kosmetik Bazar Logerstr. 4 27711 Osterholz-Scharmbek Tel: 04791/8326	Wenn Sie anrufen, wird man Ihnen eine Liste aller Kosmetik-Bazare in Deutschlands Kleinstädten schicken. Es sind über 30 Geschäfte.
Neumond-Düfte der Natur Mühlfelder Str. 70 82211 Herrsching Tel: 08152/8800	Basisöle und ätherische Öle

UND WO *sonst* NOCH IN DER WELT *sich ein* BESUCH LOHNT

Wenn Sie nach New York kommen, besuchen Sie Caswell Massey Company Ltd., «the oldest chemists and perfumers in America», 320, 13th street oder 518, Lexington Avenue oder Kiehl's Pharmacy, 109, 3rd Avenue

Gehen Sie in den USA auch in Health Food Stores, zu Unicorn, aber auch im K-Market oder bei Woolworth gibt es Vitamine, Öle und im Verhältnis zu Europa sehr preiswerte Kosmetik. Coldcremes, Kleiemasken, Bodyscrub und Shampoos. Alles gleich pfundweise für ein paar Dollar. Wir kaufen davon reichlich, experimentieren damit und reichern sie mit Wirkstoffen an.

Wenn Sie in Frankreich sind, bringen Sie sich alkoholische Lavendel-, Zitronen- und Rosenwässer aus dem Supermarkt mit. Das sind 70prozentige Alkohole, schön und schlicht beduftet, billig in Plastik-Literflaschen und gut zu gebrauchen als Basiswasser für die selbstgemachte Kosmetik.

Außerdem Meersalz. Es ist weiß, grob, streufähig und nicht naß. Man kann es gut einfärben. Es liegt in Supermarktregalen in 3-Kilo-Säcken herum und ist preiswert.

In Spanien lohnt es sich, nach den wunderbaren Blumen-Glyzerinseifen im Kaufhaus und in Parfümerien Ausschau zu halten. Macedonia heißen sie, wie der Obstsalat, und so ähnlich sehen sie auch aus. Auch die schwarze Magno gibt es da von La Toya. Eine sehr alte, berühmte Seife.

In Florenz befindet sich eine der ältesten Apotheken der Welt. Officina Profumo-Farmaceutica di S. Maria Novella Firenze, Via della Scala 16, Telefono 216276. In schönen alten Holzregalen stehen Rasierwässer, Kräuterelixiere, gute Körperpuder, so wie sie die Mönche seit Hunderten von Jahren anfertigen. Alles in höchster Qualität, in erlesenen Verpackungen, in eindrucksvoller Atmosphäre. Besonders gefällt uns ein rundes Bakelitkästchen mit einem extrem scharf nach Essigsäure, Nelken und Kampfer riechenden Riechfläschchen. Das weckt Tote wieder auf oder biegt vielleicht Saufnasen gerade.

In London ist J. Floris Ltd., 89 Jermyn Street, London S. W.3, besuchenswert. Da gibt es Potpourris und Wild Hyacinth Powder und Rose Mouthwash und edle Parfums.

Und: Neil's Yard, Covent Garden, London WC 2, die neuere Generation, bewußt very old fashioned.

3

Klick!

Englisch

Erarbeitet von
Dr. Martina Koch
Berit Rudolph

In der **Cornelsen Lernen App** findest du passend zu deinem Englischbuch

- Audios
- Videos
- digitale Hilfen
- interaktive Elemente

Cornelsen

Klick!

Englisch 3

Ab Jahrgangsstufe 7

Erarbeitet von
Dr. Martina Koch, Nürnberg
Berit Rudolph, Lüneburg
sowie Zoe Thorne, Haywards Heath (Song)
und Miriam Güthler, Nürnberg (Quizzes)

In Zusammenarbeit mit der Englischredaktion
Klaus Unger (Projektleitung), Anne Linder (verantwortliche Redakteurin), Josephine Bienert-Köhler, Brianna Gorman, Chelsea Ledvinka-Heß, Denise Wendler sowie Georg Raspe, Düsseldorf (Wörterliste)

Beratende Mitwirkung
Stella Halank, Berlin; Matthias Schwarz, Mannheim; Petra Spengler, Dortmund; Gabriela Staňka, München; Amke Wolbert, Mannheim

Layoutkonzept
Klein & Halm, Berlin

Umschlaggestaltung
Anja Rosendahl, Berlin

Layout und technische Umsetzung
Klein & Halm, Berlin

Illustrationen
Joseph Wilkins sowie Carl Pearce (Cartoons), Beehive Illustration Agency, Cirencester, England; Nils Fliegner, Hamburg (Umschlag)

Fotos der Lehrwerkskinder
Chocolate Films, London sowie
Anja Poehlmann, Brighton (Lily)

Druck
Mohn Media Mohndruck, Gütersloh

PEFC
PEFC/04-31-1033

PEFC-zertifiziert
Dieses Produkt stammt aus nachhaltig bewirtschafteten Wäldern und kontrollierten Quellen
www.pefc.de

www.cornelsen.de

Soweit in diesem Lehrwerk Personen fotografisch abgebildet sind und ihnen von der Redaktion fiktive Namen, Berufe, Dialoge und Ähnliches zugeordnet oder diese Personen in bestimmte Kontexte gesetzt werden, dienen diese Zuordnungen und Darstellungen ausschließlich der Veranschaulichung und dem besseren Verständnis des Buchinhaltes.
Die enthaltenen Links verweisen auf digitale Inhalte, die der Verlag bei verlagsseitigen Angeboten in eigener Verantwortung zur Verfügung stellt. Links auf Angebote Dritter wurden nach den gleichen Qualitätskriterien wie die verlagsseitigen Angebote ausgewählt und bei Erstellung des Lernmittels sorgfältig geprüft. Für spätere Änderungen der verknüpften Inhalte kann keine Verantwortung übernommen werden.
Die Cornelsen Lernen App ist eine fakultative Ergänzung zu Klick!. Sie unterliegt nicht der Genehmigungspflicht.
Dieses Werk berücksichtigt die Regeln der reformierten Rechtschreibung und Zeichensetzung.

1. Auflage, 1. Druck 2025

Alle Drucke dieser Auflage sind inhaltlich unverändert und können im Unterricht nebeneinander verwendet werden.

ISBN 978-3-0603-6721-4

Jetzt mit barrierefreiem Farbkonzept
Mehr Informationen auf *cornelsen.de/bf*

Inhaltsverzeichnis

Aufgaben zur Text- und Medienkompetenz befinden sich auf diesen Seiten: 7, 8, 13, 15, 16-17, 19, 25, 26, 27, 33, 35, 36, 37, 39, 45, 46, 47, 49, 53, 55, 56, 57, 59, 61, 62, 63, 64.

Where do you live?

1

street art in London (England)

2

a football stadium in Manchester (England)

3

the castle in Inverness (Scotland)

4

the beach in Llandudno (Wales)

1 Look and find ...

- the graffiti
- the skateboard
- the big windows
- the beach
- the red and white chairs
- ...

2 Read. Listen and say.

▶ Audio 1

1 London is a ___ city in England.
2 Manchester has ___ big football clubs.
3 Inverness is not so ___.
4 You can eat ___ in Llandudno.

Finde auf der **Landkarte** hinten im Buch:

- die Landesteile von Großbritannien **England**, **Scotland**, **Wales**
- die Städte **London**, **Manchester**, **Inverness**, **Llandudno**.

▶ Karte: United Kingdom

3 Listen to Lily, Omar, Dylan and Grace. Answer.

▶ Audio 2

- Who lives in Manchester?
- Where is Inverness?

Hello, I'm Lily.
I live in London.
That's in England.

Hi, my name is Omar. I live in Manchester.
That's in England.

Hello, I'm Dylan.
I live in Llandudno.
That's in Wales.

Hello, I'm Grace.
I live in Inverness.
That's in Scotland.

▶ Quiz
▶ AH S. 3 Nr. 1

4 Listen to Omar and Dylan. They are at a summer camp.

▶ Audio 3

Hi, I'm **Omar**.
What's your name?

My name is **Dylan**.
Nice to meet you, **Omar**.

I live in **Manchester**.
Where do you live?

I live in **Llandudno**.
That's in **Wales**.

5 Now you: Ask and answer. Use a dialogue card.

Hi, I'm **Lisa**. What's your name?
– My name is ___.
Nice to meet you, **Lisa**.

I live in **London**. Where do you live?
– I live in ___.
That's in ___.

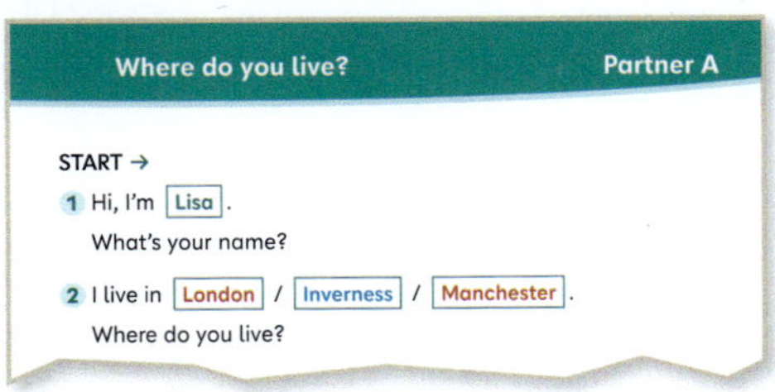
Where do you live? Partner A

START →
1 Hi, I'm Lisa.
What's your name?
2 I live in London / Inverness / Manchester.
Where do you live?

▶ AH Dialogkarte
▶ Quiz
▶ AH S. 3 Nr. 2

Where do you live?

1 a) Listen to Lily, Dylan, Omar and Grace. ▶ Audio 4

b) Now you: Ask and answer.

What **sports** do you like?
– I like **football** and **swimming**.

→

sports	food	music	?
darts • running • ?	pasta • hamburgers • ?	pop music • BTS • ?	?

▶ Hilfe
▶ Quiz
▶ AH S. 4

2 a) Listen to Omar and Dylan. ▶ Audio 5

b) Now you: Look. Ask and answer.

When do we meet for **breakfast**?
– We meet at **9 o'clock**.

	Monday	Tuesday	Wednesday
9.00		breakfast	
10.00	art	gardening	cleaning
12.30		lunch	
2.00	sports	walking	cycling
6.00		dinner	
7.30	dancing	games	films

▶ Quiz
▶ AH S. 5

3 a) **Cartoon: Listen and read along.**

▶ Audio 6

b) **Read and answer.**

1 What is Lily good at? What is Omar good at?
2 Who is happy 🙂? Who is sad 😢?

Time to say goodbye

It's Friday. It's the last day of summer camp. Everybody meets at the beach.

4 **Now you: Talk in class.**

What do you do with your friends in summer?

→

We	meet go play ?	at the skatepark. to the beach. table tennis. ?

▶ Hilfe

▶ AH S. 6

Great Britain and the United Kingdom

1 Look and find …

- the flags of Northern Ireland, Scotland, England and Wales.

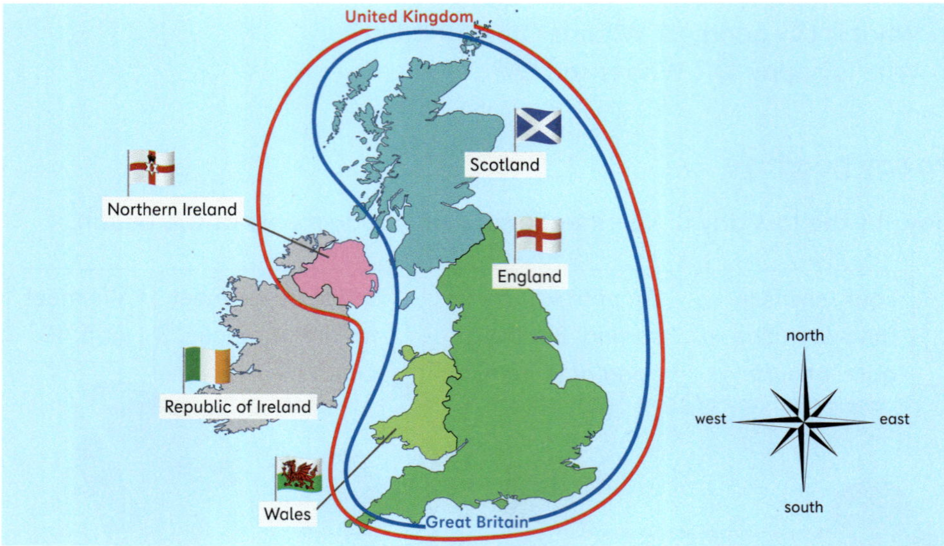

2 Life in Britain

Die Insel **Großbritannien** *(Great Britain)* liegt im Nordwesten von Europa. Die Insel Großbritannien besteht aus England, Schottland und Wales. Die Insel **Irland** liegt im Westen von Großbritannien. Auf der Insel Irland liegen Nordirland und die Republik Irland. Nordirland gehört zum **Vereinigten Königreich**. Die Republik Irland ist ein eigenständiger Staat. Die genaue Bezeichnung für den britischen Staat ist:
das Vereinigte Königreich von Großbritannien und Nordirland
(the United Kingdom of Great Britain and Northern Ireland).

- Gehe zur **Landkarte** hinten im Buch und finde:
  - die Hauptstadt der Republik Irland
  - die 4 Landesteile des Vereinigten Königreichs
  - die Hauptstädte der 4 Landesteile.
- In Deutschland gibt es 16 Bundesländer. Welche kennst du?

▶ Karte: United Kingdom

3 Watch the video. It's about the United Kingdom.

▶ Video 1

Where would you like to go?
– I'd like to go to Scotland.

▶ AH S. 7

Read and say.

▶ Hilfe

Englisch lernen mit der App

- Lerne nicht länger als 10 Minuten am Stück.
- Lerne nur 3–5 Wörter oder Sätze auf einmal.

1. Lies das englische Wort, dann die deutsche Bedeutung. Höre beides in der App an. Sprich leise mit.
2. Sage das englische Wort oder den Satz.
3. Höre das englische Wort oder den Satz.
4. Sage die deutsche Bedeutung.
5. Höre die deutsche Bedeutung.

So sagst du, wie du heißt und wo du wohnst:

What's your name?	Wie heißt du?
My name is Omar. / I'm Omar.	Ich heiße Omar. / Ich bin Omar.
Where do you live?	Wo wohnst du? / Wo lebst du?
I live in Manchester.	Ich wohne / lebe in Manchester.
That's in England.	Das ist in England.

So sagst du, welche Sportarten, welche Musik, … du magst:

What sports do you like?	Welche Sportarten magst du?
I like running and football.	Ich mag Laufen und Fußball.

So sagst du, wann ihr euch (nach Plan) trefft:

When do we meet for lunch?	Wann treffen wir uns zum Mittagessen?
We meet at 12 o'clock.	Wir treffen uns um 12 Uhr.

▶ AH S. 8

London

1 Look and say.

I can see **Lily**.
There is **a takeaway**.
There are **two blue bikes**.

→
- a park
- an orange T-shirt
- a dog
- some apples
- ?

2 Read. Listen and answer.

▶ Audio 7

1 Where does Lily live? – She lives in ______.
2 What does Lily like about London? – She likes her new ______ and her new ______.
3 How does Lily feel? – She feels ______ and ______.

3 Listen and repeat.

▶ Audio 8

city

town

street

walk

bus

underground

train

car

▶ Quiz
▶ AH S. 9

4 Play a game: Draw it!

5 Look and read. Listen and say.

▶ Audio 9

How much is the **bus** ticket from London to **Brighton**?

1 The bus ticket is ▭ pounds.
2 The train ticket is …
3 The …

- Ich sehe mir die Bilder an.
- Ich höre den Text einmal.
- Ich lese die Frage und die Satzanfänge. Dann höre ich den Text genau.
- Ich beantworte die Fragen.

▶ Hör-Profi 1–3 S. 66
▶ AH S. 10

London

1 a) Listen to Lily and Pearl.

▶ Audio 10

b) Now you: Ask and answer.

How do you get to school?

- I walk there.
- I get there by ______.

▶ AH S. 11

2 Listen. Now you: Ask and answer in class.

▶ Audio 11

→
- the cinema
- the park
- the youth centre
- the sports field
- the swimming pool
- the gaming shop
- ?

▶ Quiz
▶ AH S. 12

3 Look at the photos. Answer in German.

Worum geht es in dem Text?

The tube: We don't say "underground" in London. We say "the tube".

Bus: In London, get around by bus. It's great! You can see the city.

Bike: Do you like cycling? You can get around by bike too!

Walk: London is big, but you can walk too. There are lots of small and quiet streets in the city centre.

⚠ In Britan, look right first, then look left!

4 a) Read the text in 3 and listen. Find the answers 1–4.

▶ Audio 12

1 "The tube" is the ______ in London.
2 Get around by ______ and see the city.
3 Do you like cycling? Get around by ______.
4 In the city centre, you can ______ too.

Notizen machen
- Schreibe je ein Wort für die Lücken 1–4 auf.
- Überprüfe deine Notizen.
- Schreibe ganze Sätze in dein Heft.

b) Take notes. Check your notes.

▶ Hilfe

c) Write sentences 1–4 in your exercise book. Check your sentences.

▶ AH S. 13

London

1 Listen and repeat.

▶ Audio 13

see **sights**

walk across **a bridge**

visit **a museum**

buy **a souvenir**

▶ Quiz
▶ AH S. 14

2 a) Listen to Dylan and Lily.

▶ Audio 14

b) Now you: Make notes and talk.

Think. → Pair. → Share.

What can you do in your town?

- You can see ______.
- You can visit ______.
- You can buy ______.

☆
- You can walk across ______.
- You can go to ______.

▶ Hilfe

> **!** So benutzt du die Artikel ***the*** und ***a***:
> ***a*** *museum* (**ein** Museum)
> ***the*** *British Museum* (**das** Britische Museum)

▶ Quiz
▶ AH S. 15

3 Cartoon: Look, listen and read along.

▶ Audio 15

- Where is Lily at 3.45? Where is she at 4.15?
- Where is Lily at 4.30? And where is Pearl?

Where is Lily?

4 Listen to Lily and the German tourist. Answer in German.

▶ Audio 16

1 *Wohin möchte die Touristin fahren?*
2 *Welches Verkehrsmittel soll sie nehmen?*
3 *Wie viel kostet die Fahrkarte?*

▶ AH S. 16

www.studentblogs.example.com/new_in_london

New in London
I live in London.
It's a great city!
There are lots of great places and sights!

the London Eye

My favourite sight is the **London Eye**.
You can see the city from the London Eye.
A ticket is £22. ☹
My tip: Go there with your school class.
The ticket for students is £9.95. ☺
You can get there by tube or bus.

St James's Park

Lots of parks in London are free.
My favourite park is **St James's Park**.
You can chill and watch animals there.
You can get there by bus or tube.

Camden Market

Camden Market is a great place too.
You can buy cool clothes in the shops.
You can eat good food too.
You can get there by bus, tube or train.

the British Museum

The **British Museum** is so exciting.
You can see lots of cool things there.
The British Museum is free. That's great! ☺
You can get there by bus or tube.

Watch my video about London.

Grace635
Great video! ☺

O-Man
Manchester has lots of sights too. But London is so exciting!

1 a) Look at Lily's blog. Answer in German.

Worum geht es in Lilys Blog?

b) Read the blog and listen. Pick a sight: the London Eye, St James's Park or the British Museum.

▶ Audio 17

1 How do you get there?
2 What can you see or do there?
3 How much is a ticket?

	my sight:
1 get there	
2 what to do	
3 how much	

c) Find the answers 1–3. Take notes about your sight.

d) Talk to a partner.

2 Watch Lily's video about London.

▶ Video 2

1 How do you get to Buckingham Palace?
2 What can you do at Tower Bridge?
3 How much is a ticket for Madame Tussauds?

3 Life in Britain

London ist die Hauptstadt von England und dem Vereinigten Königreich *(United Kingdom)*. Etwa 10 Millionen Menschen leben in London. Etwa 20 Millionen Menschen besuchen London jedes Jahr. In London gibt es viele Sehenswürdigkeiten. Manche kosten Eintritt, manche sind kostenlos.

- Was würdest du in London unternehmen?
- Stell dir vor, Jugendliche aus einem anderen Land besuchen deine Stadt. Was würdest du mit ihnen unternehmen?

▶ AH S. 17

4 Write about your town.

I live in **Kirchheim**.
Kirchheim is a **nice town**.
You can visit the **Neckartor**.
You can go to the **skatepark**.

Einen Post über die eigene Stadt schreiben

- Was kann man in deiner Stadt unternehmen?
- Welche Sehenswürdigkeiten gibt es?

New words and phrases

Read and say.

▶ Hilfe
▶ AH Bildkarten

Englisch lernen mit den Bild-Wort-Karten
- Sieh das Bild an und sage das englische Wort.
- Drehe die Karte um, lies das englische Wort und sage es.
- Du kannst das Wort in der App noch mal hören.

city	die Stadt, die Großstadt
town	die Stadt
street	die Straße
walk	(zu Fuß) gehen, wandern
bus	der Bus
underground	die U-Bahn
train	der Zug
car	das Auto
ticket	die Eintrittskarte, die Fahrkarte, das Ticket
free	kostenlos; frei
lots of	viel, viele
get around	herumkommen
see sights	Sehenswürdigkeiten sehen
visit a museum	ein Museum besuchen
buy a souvenir	ein Souvenir kaufen
walk across a bridge	über eine Brücke gehen

Berlin is a **city**.
Eisenach is a **town**.

London has **lots of sights**: the Tower Bridge, Big Ben, the British Museum, the London Eye, …

So sagst du, wie du zur Schule, zum Jugendzentrum, … kommst:

How do **you** get to school?	Wie kommst **du** zur Schule?
I get there by bus.	Ich fahre mit dem Bus (dorthin).
I walk there.	Ich gehe zu Fuß (dorthin).

So sagst du, was man in einer Stadt unternehmen kann:

What can **you** do in London?	Was kann **man** in London unternehmen?
What can **you** see or do there?	Was kann **man** dort sehen oder machen?
You can visit the British Museum.	**Man** kann das Britische Museum besuchen.

! ***You*** kann **du** oder **man** bedeuten.

▶ AH S. 18

Task: Our top 3 sights in London

Step 1 Look and read.

▶ Hilfe

Tower Bridge

You can get there by **train** or **bus**.
You can **walk across the bridge**.
You can **buy nice souvenirs**.

tickets: £6.70 (5–15 years)

👍 9

St James's Park

You can get there by **bus** or **tube**.
You can **buy a cold drink**.
You can **chill in the park**.

The park is free!

👍 6

Step 2 Prepare and write your post.

1. Pick a London sight. Find information on **page 16** and in **video 2**.

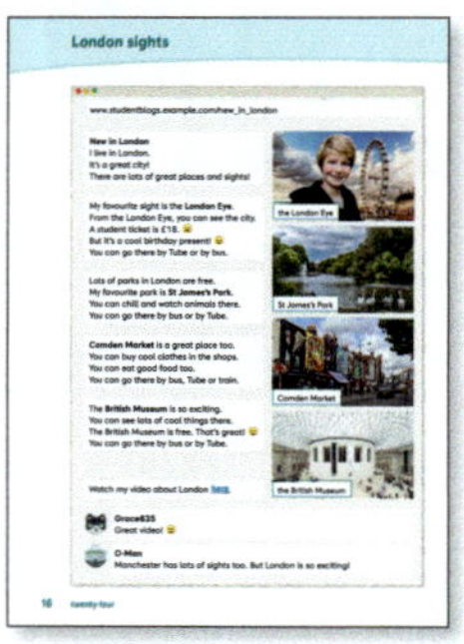

2. Write a post on a digital board.

Camden Market

You can get there by |

3. Find a photo of your London sight on the internet.

! Schreibe unter das Foto, wer es gemacht hat und woher es stammt (z. B. von einer Internetseite).
Beispiel:
Foto: Tina Muster, http://London.example.com

Step 3 Read the posts. Vote for your 3 favourite sights.

👍 10

Jobs

1 Look and say.

I can see **lots of students**.
There is **a boy with red hair**.
There are **two blue chairs**.

→
- posters
- two white desks
- computers
- a green jacket
- ?

2 Read. Listen and answer.

▶ Audio 18

- What are Omar's favourite subjects?
- What are his hobbies?
- Who meets in room 52?

3 Listen and repeat.

▶ Audio 19

friendly

caring

hard-working

communicative

creative

reliable

good at working in a team

good at working alone

▶ Quiz

4 Play a game: What's missing?

▶ AH Bildkarten

5 a) Look and listen. Who is it?

▶ Audio 20

Tina

John

Emma

Connor

b) Listen again and say.

John is ______.

→ communicative • hard-working • reliable • good at working in a team

▶ AH S. 19

Jobs

1 a) Listen to Omar and his friends. ▶ Audio 21

b) Now you: Ask and answer.

What are your strong points?
– I'm ______.
– I'm very ______.

→ friendly • communicative • caring • hard-working • reliable • helpful • ?

I'm ...
☑ creative 🙂
☑ very creative 🙂🙂

▶ Quiz
▶ AH S. 20

2 a) Listen to Mr Winter, Omar and his friends. ▶ Audio 22

b) Now you: Ask and answer.

What are your strong points?
– I'm good at ______.
– I'm very good at ______.

→ working in a team • working alone • organizing • drawing • cooking • English • maths • science • art • ?

▶ Hilfe
▶ Quiz
▶ AH S. 21

3 Look. Listen to the song. Who is it?

▶ Audio 23–24

4 a) Listen to the students.

▶ Audio 25

b) Now you: Pick ideas. Talk to different partners.

You are (very) ______.

friendly • caring • reliable • creative • communicative • hard-working • cool • funny • clever • great • nice • helpful • honest • ?

You are (very) good at ______.

working in a team • working alone • cooking • cycling • chilling • swimming • football • science • German • ?

▶ AH S. 22

Jobs

1 Listen and repeat.

▶ Audio 26

restaurant

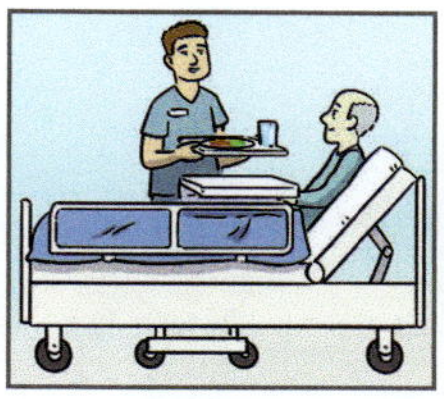

hospital

supermarket

garden centre

▶ Quiz
▶ AH S. 23

2 a) Listen to Omar and his sister.

▶ Audio 27

b) Now you: Ask and answer.

▶ Hilfe

Where would you like to work?
– I'd like to work at ______.

Why would you like to work there?
– Because I'm (very) ______.

Where?	Why?
• a hospital • a supermarket • a cinema • an art shop • ?	• friendly • helpful • hard-working • good at maths • ?

▶ Quiz
▶ AH S. 24

c) Write 2 sentences from b) in your exercise book.

3 Walk around. Talk about your neighbours, friends or family.

– My **neighbour** works at **a garden centre**.
– My **cousin** works at **a takeaway**.
– **Ryan** works at **a cinema**.

4 Look at the website. Answer in German.

Worum geht es auf der Website?

▶ Hilfe

www.hey-trafford-school.example.net/jobs-for-students

Can you walk my dog?

Every Monday!
£5 per day
Ms Wang

Your job:
Help in the garden!

Every Saturday
10–1 o'clock
Mr Walker

Your job:
Go shopping for my grandmother every Friday!

£5 per hour

Ron Martin

5 a) Read Omar's message and find …

- die Begrüßung am Anfang
- die Person, die die Nachricht erhält
- den Gruß am Ende
- die Person, die die Nachricht schreibt.

Einen Brief oder eine E-Mail schreiben
- Begrüße die Person: *Dear Mr / Ms …*
- Sage, worum es geht: *I would like …*
- Schreibe einen Gruß und deinen Namen: *Best wishes …*

▶ Hilfe

Dear Ms Wang,

I would like to have the job.
I'm 14 years old and I'm a student at Trafford School.
I like dogs and walking. I'm very friendly and reliable.
I can walk your dog every Monday at 4 o'clock.
My phone number is 07700 900638.

Best wishes
Omar

b) Read Omar's message again and say.

1 He likes ______ and ______.
2 He is very ______ and ______.

▶ AH S. 25

Football in Manchester

1 Look, read and say.

1 Omar _____ in Manchester.
2 He is a _____ _____ fan.
3 He watches _____ _____.

I live in Manchester.
It's my favourite city.
We have the best football team: Manchester City.
I watch every game.

Manchester City

Manchester United

2 Listen to the podcast. It's about a football player.

▶ Audio 28

1 Who is Marcus Rashford?
2 What are his strong points?
3 Find photos of Marcus Rashford on the internet.

3 Life in Britain

In Großbritannien gibt es sehr viele Fußballfans.
Das größte Fußballmuseum der Welt ist in Manchester.
In **Manchester** gibt es zwei große und berühmte **Fußballvereine**: Manchester United und Manchester City. Die beiden Vereine sind fast 150 Jahre alt. Beide Vereine haben ein eigenes Stadion.
Beide Vereine haben Männer-Teams und Frauen-Teams.

- Welche Fußballspieler oder Fußballspielerinnen aus Großbritannien kennst du?
- Suche im Internet die Songs von Manchester United und Manchester City.

▶ AH S. 26

4 a) Cartoon: Listen and read along.

▶ Audio 29

- Why does Omar's grandmother like her job?
- What are Omar's strong points?

b) Act out the cartoon.

A good team

- Ich höre die Geschichte mehrmals. Ich spreche leise mit.
- Ich übe so lange, bis ich meine Rolle sicher sprechen kann.
- Ich übe zusammen mit anderen Schülern und Schülerinnen.
- Wir spielen die Geschichte und achten auf unsere Körpersprache.

▶ Sprech-Profi 1–2 S. 67
▶ AH S. 27

New words and phrases

Read and say.

▶ Hilfe

Wörter richtig schreiben

- Sieh dir das englische Wort genau an und schreibe es sorgfältig ab.
- Überprüfe das Wort, Buchstabe für Buchstabe.
- Viele englische Wörter schreibt man anders, als man sie spricht.
- Schreibe diese Wörter mehrmals und markiere die schwierigen Stellen: *friendly, reliable, ...*

friendly	freundlich
communicative	kommunikativ, aufgeschlossen
creative	kreativ
hard-working	arbeitsam, fleißig
reliable	zuverlässig
good at working in a team	gut darin, im Team zu arbeiten
good at working alone	gut darin, allein zu arbeiten
caring	fürsorglich, liebevoll, warmherzig
restaurant	das Restaurant
hospital	das Krankenhaus
supermarket	der Supermarkt
garden centre	das Gartencenter; die Gärtnerei
job	der Job, die (Arbeits-)Stelle
Dear ...	Lieber / Liebe ...
Best wishes	Viele Grüße

Achte beim Sprechen darauf, wo die Betonung eines Wortes liegt. Das ist wichtig bei Wörtern mit 2 oder mehr Silben:
cre·a·tive
re·li·a·ble
com·mu·ni·ca·tive

So sagst du, was deine Stärken sind:

What are your strong points?	Was sind deine Stärken?
I'm creative.	Ich bin kreativ.
I'm very reliable.	Ich bin sehr zuverlässig.

So sagst du, wo du gerne arbeiten würdest und warum:

Where would you like to work?	Wo würdest du gerne arbeiten?
I'd like to work at a hospital.	Ich würde gerne in einem Krankenhaus arbeiten.
Why would you like to work there?	Warum würdest du gerne dort arbeiten?
Because I'm caring and reliable.	Weil ich fürsorglich und zuverlässig bin.

▶ AH S. 28

Task: Talk about jobs

Step 1 Watch the video.

▶ Video 3

Hello, I'm **Ms Green**.
What's your name? How old are you?
– Hello, **Ms Green**. I'm **Ben** and I'm **14**.
OK, **Ben**. What are your strong points?
– I'm very **communicative**.
Great. Where would you like to work?
– I'd like to work at **a supermarket**.
Why would you like to work there?
– Because I'm good at **maths**.
What about a job at **a shopping centre**?
– That's a good idea. Thank you.

Step 2 Practise with a partner. Use a dialogue card.

▶ AH Dialogkarte

Step 3 Act out your dialogue. Give and take feedback.

Du kannst dein **Feedback** auf Englisch oder auf Deutsch geben.
Auf Seite 82 findest du mehr Ideen für dein Feedback.

▶ Classroom English S. 82

Free time

1 Look and say.

I can see **a bridge**.
There is **a bike**.
There are **three cars**.

→ a blue and yellow bus • an orange rucksack • white socks • yellow shorts • a green skirt • ?

2 Read. Listen and answer.

▶ Audio 30

- What sports does Grace like?
- What sports does Tom like?

- And you? What sports do you like?

3 Listen and repeat.

▶ Audio 31

week – weekend | play cards | watch a series | chill at home

do karate | do my nails | have dinner with my family | go hiking

▶ Quiz
▶ AH S. 29

4 Play a game: Mime it!

▶ AH Bildkarten

5 Listen. Talk to a partner.

▶ Audio 32

▶ AH S. 30

1 a) Listen to Grace and her friends.

▶ Audio 33

b) Now you: Ask and answer.

Did you ______ last weekend?
– Yes, I did.
– No, I didn't.

→ chill at home • do karate • do your nails • go hiking • have dinner with your family • play cards • watch a series

▶ Quiz

2 Now you: Ask and answer in class.

→

Did you	go swimming • go shopping • ...	last week?
	play computer games • play football • ...	
	do your hair • do sport • ...	
	have dinner with your family / neighbours	
	meet friends • eat pizza • ...	

▶ AH S. 31

3 a) Learning English

Verhaltensregeln auf Englisch verstehen
- Welche Wörter verstehst du?
- Sieh dir die Bilder an. Sie helfen dir beim Verstehen.
- Symbole haben in vielen Ländern die gleiche Bedeutung.
- Finde diese Symbole auf den Schildern und Plakaten unten:

b) Look at the signs in a). Answer in German.

1 *Wann findet die Aktion in Inverness statt?*
2 *Was soll man mit seinem Müll machen?*
3 *Wer kann bei den Aktionen mithelfen?*

4 Listen to Grace and Tom. Answer.

1 Did Grace do her beach clean-up?
2 Did she find a plastic chair?
3 Did she find an old shoe?

► Audio 34

► AH S. 32

Free time

1 **a) Listen to Grace and her friends.**

▶ Audio 35

b) Now you: Ask and answer.

What did you do last week?

– I ______.

→

• play**ed** cards	• **did** karate
• watch**ed** a series	• **did** my nails
• chill**ed** at home	• **had** dinner
	• **went** hiking

▶ Hilfe
▶ Quiz
▶ AH S. 33

2 **Now you: Ask and answer in class.**

clean**ed** my bike • walk**ed** my dog • ...	last week. / last weekend.
play**ed** table tennis • play**ed** basketball • ...	
did my hair • **did** sport • ...	
had dinner with my family / friends / ...	
went shopping • **went** swimming • ...	

▶ AH S. 34

3 Listen and repeat.

▶ Audio 36

4 a) Listen and look at the map. Find the places.

▶ Audio 37

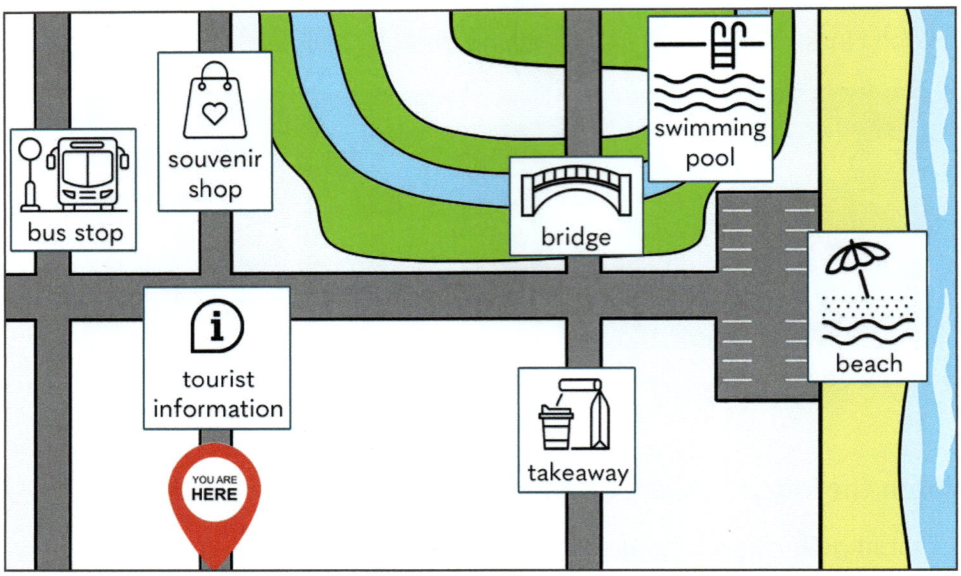

b) Listen to Grace and a tourist.

▶ Audio 38

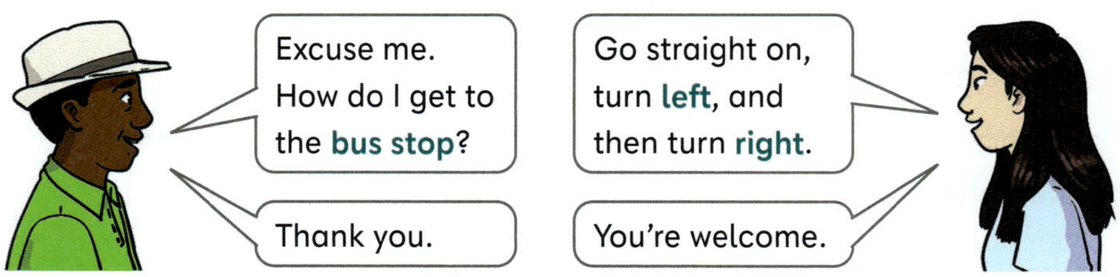

c) Now you: Talk to a partner about the places in **a)**.

Excuse me. How do I get to the ______?
– Go straight on, turn **right**, and then turn **left**.
Thank you.
– You're welcome.

→
- beach
- bridge
- souvenir shop
- swimming pool
- takeaway

▶ Quiz
▶ AH S. 35

Outdoor activities in Scotland

1 Look and find …

- the rucksacks
- the skirts
- the red jackets
- the bike

visiting Loch Ness

hiking on Ben Nevis

cycling at the coast

dancing at the Highland Games

2 Watch the video. It's about an outdoor centre in Scotland.

▶ Video 4

1 Did Kirsten go hiking every week last summer?
2 When did Kirsten go camping?
3 Did Ron go swimming in Loch Ness last summer?

3 Life in Britain

Schottland hat eine vielfältige Landschaft. An der Küste gibt es Strände, hohe Klippen und viele Inseln. Im Landesinneren gibt es hohe Berge. Dazwischen liegen große Seen. Der berühmteste See heißt *Loch Ness*. Der höchste Berg heißt *Ben Nevis*.
Im Norden von Schottland finden jedes Jahr die *Highland Games* statt. Das sind sportliche Wettkämpfe mit Musik und Tanz.
Bei den *Highland Games* gibt es besondere Sportarten wie Baumstammwerfen, Tauziehen und Fassrollen.

- Welche Berge oder Seen kennst du?
- Welche Outdoor-Aktivität möchtest du ausprobieren?

▶ AH S. 36

4 Cartoon: Listen and read along.

▶ Audio 39

1 What did the class do?
2 Did Grace and her friends have a map?
3 When were Grace and her friends at the museum?

Tipp
they were = sie waren

An exciting hiking tour

Last summer, Grace and her class went on a tour to Loch Ness. First they **went hiking**. Then they **had a picnic** next to the water.

At 2.30, all students **were at the museum**. They were happy and tired!

- Ich sehe mir die Bilder an und lese die Überschrift. Worum geht es?
- Ich lese die Fragen. Was soll ich herausfinden?
- Ich lese den Text genau. Ich achte auf die **Schlüsselwörter**.

▶ Lese-Profi 1–2 S. 68
▶ AH S. 37

New words and phrases

Read and say.

▶ Hilfe
▶ AH Bildkarten

Wörter mit einem Laufdiktat üben

1. Hänge 4 Wort-Karten auf.
   Sieh dir eine Wort-Karte an: Lies das Wort.
2. Merke dir das Wort und gehe zu deinem Tisch.
3. Schreibe das Wort auf.
4. Überprüfe mithilfe der Wörterliste:
   Hast du das Wort richtig geschrieben?

week	die Woche
weekend	das Wochenende
play cards	Karten spielen
watch a series	eine Serie schauen
chill at home	zu Hause chillen
do karate	Karate machen
do my nails	meine (Finger-)Nägel machen
have dinner with my family	mit meiner Familie Abend essen
go hiking	wandern gehen
Excuse me, ...	Entschuldigung, ...
go straight on	geradeaus gehen (fahren)
turn left / right	nach links / rechts abbiegen
then	dann

I do **my** nails.
You do **your** nails.
She does **her** nails.
He does **his** nails.
...

So fragst du, ob jemand etwas gemacht hat:

Did you watch a series last weekend?	Hast du letztes Wochenende eine Serie geschaut?
Yes, I **did**.	Ja.
No, I **didn't**.	Nein.

! Die Frage *Did you ...?* beantwortest du höflich mit *Yes, I did.* oder *No, I didn't.*

So sagst du, was du gemacht hast:

What **did** you do last week?	Was hast du letzte Woche gemacht?
I play**ed** cards. I chill**ed** at home.	Ich habe Karten gespielt. Ich habe zu Hause gechillt.
I **did** karate. I **had** lunch. I **went** hiking.	Ich habe Karate gemacht. Ich habe Mittag gegessen. Ich bin wandern gegangen.

! Die meisten Verben haben in der Vergangenheit ein **-ed** am Ende. Manche Verben haben besondere Formen: *did, had, went*.

▶ AH S. 38

Task: My 3 highlights last week

Step 1 Listen and read along.

▶ Audio 40

Last **Wednesday** I **did karate**.
Last **Friday** I **played cards with my brother**.
On **Saturday** I **went hiking with my friend Liz**.
I had a **great** week!

Step 2 Make notes about your activities last week.

1. What did you do last week?

MON: played football with Ben
TUE: watched a series
WED: did my homework
THU: went shopping
FRI: cleaned my room
SAT: chilled at home
SUN: had dinner with my family

2. Mark your 3 favourite activities.

MON: played football with Ben ☺
TUE: watched a series
WED: did my homework
THU: went shopping ☺
FRI: cleaned my room
SAT: chilled at home
SUN: had dinner with my family ☺

Benutze eine **Wörterbuch-App**, wenn du ein Wort nicht weißt.

Step 3 Record your voice note.

Benutze eine **Aufnahme-App**:

- Sprich deutlich.
- Mache kurze Pausen zwischen den Sätzen.
- Höre deine Aufnahme an: Sprichst du deutlich? Machst du Pausen?

Step 4 Play your voice note. Give and take feedback.

You spoke clearly.
You made pauses.
Thank you.

▶ Classroom English S. 82

Digital life

1 Look and say.

I can see **Dylan's room**.
There is **a yellow sofa**.
There are **lots of clothes**.

→ a grey desk • a blue door • a lamp • an orange chair • an apple • books • cushions • green socks • shelves • ?

2 Read. Listen and answer.

▶ Audio 41

- Who has 96 points?
- What day is it?
- Did Dylan walk the dog?

- And you: Do you like playing online games?
- What do you do with your friends?

3 Listen and repeat.

▶ Audio 42

chat with friends	follow people	talk to my mum	buy things online	post comments

look for information	check the time	take photos	make videos	write emails

▶ Quiz
▶ AH S. 39

4 Listen. Talk to a partner.

▶ Audio 43

What do you do on your phone?

I **chat with friends** and **follow people**.
I **take photos** too.

5 Listen and read. Who is it?

▶ Audio 44

– It's **Amira**. **She chats with friends**, **follows people** and ...

	Amira	Ella	Luca	Rico
chats with friends	✓	✓	✓	
follows people	✓	✓		✓
posts comments		✓	✓	✓
buys things online				✓
takes photos	✓		✓	

▶ AH S. 40

Digital life

1 **a) Listen to Dylan and his friends.**

▶ Audio 45

b) Now you: Mime it. Ask and answer in class.

→

I'm	chat**ting** with friends.
	tak**ing** photos.
	buy**ing** things online.
	listen**ing** to music.
	talk**ing** to my mum / dad.
	play**ing** online games. • play**ing** football.
	do**ing** karate. • do**ing** my nails.
	drink**ing** tea. • ?

▶ Quiz
▶ AH S. 41

2 Look and listen.

▶ Audio 46

I can see **a beach**.
I can see **Lily** and **Omar**.
They are **eating**.
Lily is **eating a sandwich**.
Omar is **eating an apple**.
There is **lots of food**:
There are **sandwiches**, ...

3 Learning English

Ein Bild beschreiben

- Sieh dir das Bild in Ruhe an.
- Beschreibe, welche Orte, Personen und Dinge du siehst:
  I can see a beach. / There is a chair. / There are lots of people.
- Beschreibe, was die Personen auf dem Bild gerade machen:
  *She **is** eating a sandwich. He **is** taking a photo. They **are** eating.*
- Probiere es mit den Bildern in Aufgabe 4 aus.

4 Look and say. What can you see? What are the people doing?

▶ Hilfe

Dylan • teacher • Owen

Dylan • shop assistant

▶ AH S. 42–43

1 Listen to Dylan and his mother. Answer.

1 What is Dylan's mother doing?
2 What is Dylan doing?
3 What's for dinner?

▶ Audio 47

2 Learning English

Mit Familie und Freunden telefonieren

- Das sagst du zur Begrüßung:
  Hi, … . Hello, … . It's me, Dylan.
- Frage nach, wenn du etwas nicht verstehst:
  Sorry, I can't hear you. Can you say that again, please?
- Verabschiede dich:
  Bye. / See you (later).
- Welche von diesen Sätzen hörst du in den Gesprächen in den Aufgaben 1 und 3?

3 a) Listen and read along.

▶ Audio 48

Owen: Hi, Dylan. It's me, Owen.
Dylan: Hi, Owen. What are you doing?
Owen: I'm making a video for history on Friday.
Dylan: Sorry, I can't hear you. Can you say that again, please?
Owen: I'm making a history video for school. I'm in town. Can you help me?
Dylan: Yes, I can help you.
Owen: Thank you, Dylan. Let's meet at the art museum at 5 o'clock.
Dylan: OK. Bye! See you later.

b) Watch the video. Now you: Make a dialogue with your partner.

▶ Video 5
▶ Quiz
▶ AH S. 44

4 Look at the pictures. Listen and find.

▶ Audio 49

What's the right picture?

- tap to open the app
- switch off the sound
- connect to Wi-Fi
- enter your password
- upload a photo
- delete a post

5 Learning English

Englisch als Internetsprache

Im Internet werden sehr viele englische Wörter verwendet. Das liegt daran, dass Englisch eine **Weltsprache** ist: Viele Menschen auf der Welt sprechen oder verstehen Englisch, auch wenn Englisch nicht ihre Erstsprache ist. Menschen aus verschiedenen Ländern verständigen sich deshalb im Internet auf Englisch.

Sieh dir die folgenden Begriffe an:

follower
online website
social media likes
chat log out
user like
link hacker
fake photos
upload
app
download
offline
account
log in
hotspot
fake news

- Welche Begriffe kennst du?
- Was bedeuten sie?
- Fallen dir noch andere Begriffe ein?

▶ AH S. 45

Things to do and see in Wales

1 Look and find ...

- the water
- the train
- the rugby ball
- the bridge

There are great national parks.

You can visit old castles.

Cardiff is the capital of Wales.

You can watch a rugby game.

2 Watch the video. It's about rugby.

▶ Video 6

- When did Dylan watch the rugby game in Cardiff?
- Does Dylan like playing rugby online?

3 Life in Britain

Wales ist ein beliebtes Reiseziel. Dort gibt es viele Nationalparks. In Wales leben mehr Schafe als Menschen! Es gibt auch viele alte Burgen und Schlösser. Viele Touristen benutzen eine Reise-App, wenn sie sich über Wales informieren wollen.

Die Hauptstadt *(capital)* von Wales ist Cardiff. Cardiff ist die größte Stadt in Wales. Im *Principality Stadium* in Cardiff finden wichtige Rugby-Spiele statt. Rugby ist in Wales sehr beliebt.

- Hast du schon einmal ein Rugby-Spiel gesehen?
- Suche im Internet Informationen über Wales:
  Wie viele Einwohner hat Cardiff?
  Welche Sprachen stehen auf den Schildern in Wales?

▶ AH S. 46

4 Cartoon: Listen and read along.

▶ Audio 50

1 What are Dylan and Owen doing at the car show?
2 Does Dylan's family have a new car?
3 Does Owen like Dylan's first photo on social media?

Tipp
like =
1. mögen,
2. liken
3. der Like

Dylan's cool photo

It's Sunday. Owen and Dylan are at the Llandudno Car Show.
They are taking lots of photos.

Owen sends Dylan the photo.

It's Tuesday. Owen and a friend are looking at Dylan's social media account.

Later Dylan deletes the fake photo and posts Owen's photo.
The next day, Dylan checks his social media account: 50 people liked the photo. That's OK for Dylan too.

▶ AH S. 47

New words and phrases

Read and say.

▶ Hilfe

Wörter im Zusammenhang lernen

- Du kannst einzelne Wörter lernen, wie z. B. *post* = posten.
- Besser lernst du Wörter, wenn du sie mit anderen Wörtern verbindest: *post a comment* = einen Kommentar posten
- Verbinde das neue Wort auch mit anderen Wörtern: *post a photo, post a video, ...*

▶ Quiz

chat with friends	mit Freunden chatten; sich mit Freunden unterhalten
follow people	Leuten (online) folgen
buy things online	Dinge online kaufen
post a comment	einen Kommentar posten
look for information	Informationen suchen
talk to my mum	mit meiner Mutter sprechen
check the time	die Uhrzeit nachschauen
write an email	eine E-Mail schreiben
take a photo	ein Foto machen
make a video	ein Video machen

Manchmal schreibt man das **-t** doppelt:
*cha**t**: cha**tt**ing, cha**tt**ed*

information =
die Information,
die Informationen

E: ***take** a photo*
D: ein Foto **machen**

So sagst du, was du gerade machst:

What **are** you do**ing**?	Was machst du (gerade)?
I'm taking photos.	Ich mache (gerade) Fotos.

So sagst du, was andere gerade machen:

He (Dylan) **is** She (Lily) **is** They **are**	chill**ing**.	Er chillt (gerade). Sie chillt (gerade). Sie chillen (gerade).

! Bei der Verlaufsform hängst du **-ing** an das Verb. Das **-e** am Ende entfällt: take – tak**ing**, write – writ**ing**, ...

So telefonierst du mit Familie und Freunden:

It's me.	Ich bin's.
Sorry, I can't hear you.	Tut mir leid. Ich kann dich nicht hören.
Can you say that again, please?	Kannst du das bitte noch mal sagen?
See you. / See you later.	Bis dann. / Bis später.

▶ AH S. 48

Task: Chatting with a friend

Step 1 Look and read.

▶ Hilfe

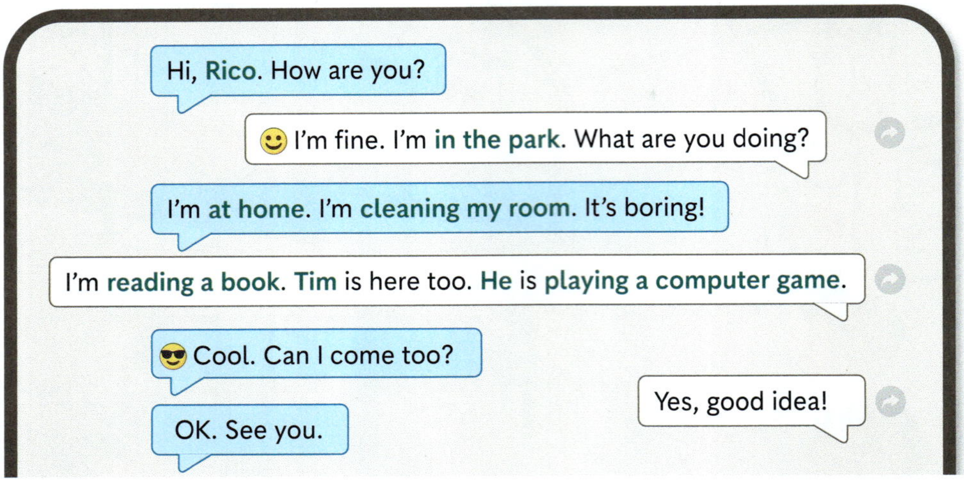

▶ Schreib-Profi 1 S. 69

Step 2 Write a chat with your partner. Pick ideas.

I'm ...	I'm ...
• in the park • at home • at the youth centre • at the skate park	• buying things online • doing my homework • watching a show • making dinner

Ihr könnt euren **Chat** direkt in eine App schreiben oder auf Papier notieren.

▶ Schreib-Profi 2 S. 69

Step 3 Check your chat messages.

- Ich überprüfe meine Sätze. Habe ich alles richtig geschrieben?
- Kann ich alles verstehen?
- In einem Chat kann ich meine Beiträge leicht verbessern oder löschen.

▶ Schreib-Profi 3 S. 69

Step 4 Present your chat to the class. Give and take feedback.

▶ Classroom English S. 82

Friends

1 Look and say.

What can you see?
- I can see **six people**.
- There is **a shop**. There are **books**.

→ a train • a table • books • numbers • two phones • posters • ?

What are Lily and Orla doing?
- **Lily** is **taking a photo**.
- Lily and Orla are **talking**.

→ taking a photo • checking the time • looking for information • ?

2 Read. Listen and answer.

▶ Audio 51

- Where is Lily?
- Why does Orla like her town?
- How do Lily and Orla get to Orla's home?

- And you? Do you like your town or city? • ☆ Why (not)?
- Do all your friends live in your town or city?

3 Listen and repeat.

▶ Audio 52

call you every day

answer your messages

say nice things about you

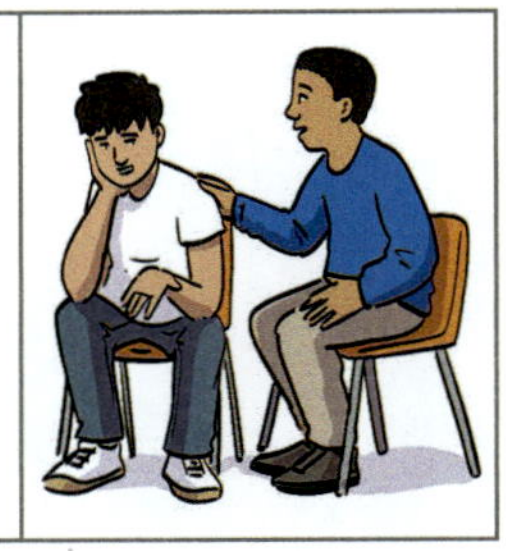
talk about problems

understand you

give you presents

lend you things

wear cool clothes

▶ Quiz

4 Walk around. Ask and answer with different partners.

▶ AH Bildkarten
▶ AH S. 49

Friends

1 a) Listen to Lily and her friends.

▶ Audio 53

b) Now you: Talk to a partner.

A good friend should ______. →

– I agree.
That's very important.

– I **don't** agree.
That's **not** important.

- understand you
- say nice things
- talk about problems
- give you presents
- answer your messages
- lend you things
- wear cool clothes
- call you every day

▶ Quiz
▶ AH S. 50

**2 a) Read Lily's text about good friends.
Do you agree?**

b) What's important for you? Write in your exercise book.

A good friend should
talk about problems.

A good friend should
answer your messages.

A good friend should
help you.

→

- help you
- listen to you
- do sports with you
- look after your cat
- go to the cinema with you
- play games with you
- make dinner for you
- ?

▶ AH S. 51

3 a) Look and read. Find the 3 phrases in the song.

Was könnten die 3 Phrasen bedeuten?

That's what friends are for

1 (...) Keep smiling, keep shining
2 Knowing you can always count on me, for sure
3 That's what friends are for
4 For good times and bad times
5 I'll be on your side forever more
6 That's what friends are for (...)

(from a song by Burt Bacharach and Carol Bayer Sager)

Tipp
that's what friends are for = dafür sind Freunde da

b) Find the song on the internet. Listen and answer.

1 What are friends for?
- for good times
- for bad times
- for good and bad times

2 Do you like the song?

Schreibe „*That's what friends are for*" und „1985" in die Suchmaschine.
Tipp: Der Textausschnitt von **3a** beginnt im Song nach ca. 1 Minute.

4 Learning English

Eine Wörterbuch-App benutzen

- Wenn du englische Songs hörst, musst du nicht jedes Wort kennen.
- Du kannst Wörter in einer Wörterbuch-App nachsehen.
- Stelle die passende Suchrichtung ein: Englisch – Deutsch.

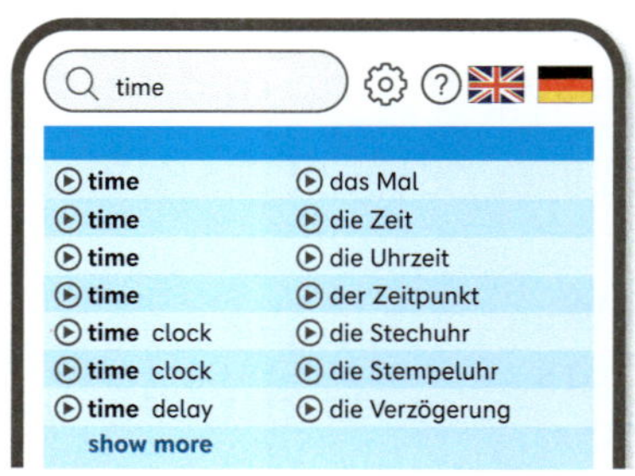

- Manchmal hat ein Wort mehrere Bedeutungen.
- Welche Bedeutung passt gut?
- Suche diese Phrasen: *count on, for sure, bad times.*

► AH S. 52

Friends

1 Listen and repeat.

▶ Audio 54

relaxed | amazing | positive | active

▶ Quiz

2 a) Listen to Orla and her friend.

▶ Audio 55

b) Now you: Talk to a partner.

I like **Mo** because he is ______.
I like **Olivia** because she is ______.

→ relaxed • amazing • positive • active • friendly • caring • honest • ?

▶ AH S. 53

3 a) Listen to Orla and her father.

▶ Audio 56

Orla likes / doesn't like ______ because it's ______.

→

Orla Orla's father	likes **doesn't** like	gaming history	because it's	exciting. boring. important.

▶ AH S. 54

b) What do or don't you like? Tell your class.

▶ Hilfe

I like / don't like ______ because it's ______.

4 Look and read.

- What is SportBoy's problem?
- Does Alison understand SportBoy's problem?

▶ Hilfe

Talk about problems | Ask Alison

Dear Alison,
My best friend is cool and relaxed. Last summer we did lots of sport together. But this summer he plays computer games every day.
We don't meet for sport and he doesn't answer my messages.
What should I do?
Best wishes
SportBoy

Dear SportBoy,
I understand your problem.
I think you should talk to your friend or write a message: "Let's meet for sport one day a week."
Your friend doesn't answer?
Talk to a social worker at school.
Best wishes
Alison

5 a) Watch the video.

▶ Video 7

Die eigene Meinung sagen
- Trau dich, in einer Diskussion deine Meinung zu sagen.
- Sei dabei immer höflich.
- Auf Englisch kannst du sagen:
  I agree. / Sorry, I don't agree.
  I think … / I don't think …

▶ Classroom English S. 82

b) Do you agree with Alison? Talk in groups.

- I agree.
- Sorry, I don't agree.

→ I think SportBoy should	talk to his friend.
	talk to a social worker.
	call his friend every day.
I don't think SportBoy should	play computer games with his friend.
	?

▶ Hilfe

▶ AH S. 55

Visiting Ireland

1 Look and find …

• the green hair • the brown horse • the red doors • the white trousers

St Patrick's Day in Dublin

King John's Castle in Limerick

horses near the River Shannon

Irish folk music

2 Watch the video. It's about things to do and see in Limerick.

▶ Video 8

1 Does the castle close on Mondays?
2 Does Orla like graffiti?
3 What are your favourite things to do or see in your town or city?

3 Life in Britain

Die **Republik Irland** ist ein Staat auf der Insel Irland.
Am 17. März feiert man in Irland den *Saint Patrick's Day*. An diesem Tag ist alles grün dekoriert. Häufig sieht man das dreiblättrige Kleeblatt. Das ist ein Symbol für Irland.
Die traditionelle irische Musik nennt man *Irish folk music*. Die typischen Instrumente sind Geige, Trommel und Flöte.

- Finde die Stadt **Limerick** und den Fluss **Shannon** auf der **Landkarte** hinten im Buch.
- Suche *„Irish folk music"* im Internet und höre dir die Musik an. Gefällt dir die Musik?

▶ Karte: United Kingdom, Ireland

▶ AH S. 56

4 a) Story: Listen and read along.

What's the radio show about?

▶ Audio 57

b) Act out the story's dialogue with a partner. You can use dialogue cards.

▶ AH Dialogkarten

The radio show

Lily and Orla are listening to Orla's favourite radio show, the Morning Show. This week the show is about good friends. You can call in and talk about your friends. Every day, you can win tickets for a big party.

Tessa: This is the Morning Show on Radio Blue. I'm Tessa. Who is calling?

Lily: Hello. I'm Lily. My friend's name is Orla. We would like to go to the party.

Tessa: Great. Tell me about your friend. Why do you like Orla?

Lily: Because she is very active. She is relaxed too.

Tessa: Does she call you every day?

Lily: Yes, she does. She talks about problems and she understands me.

Tessa: I think that's very important. Your friend Orla has lots of strong points. She is amazing! You and Orla can go to our big party.

Lily: Great! Thank you, Tessa.

Orla and Lily are very happy. And they are excited about the party!

- Wir hören die Geschichte mehrmals an. Wir sprechen leise mit.
- Wir ersetzen die **türkisblauen Wörter** durch unsere eigenen Ideen.
- Wir üben, bis wir unsere Rollen sicher sprechen können.

▶ Sprech-Profi 1–2 S. 67
▶ AH S. 57

New words and phrases

Read and say.

▶ Hilfe

Wörter mit einer Mindmap wiederholen

- Schreibe das Thema in die Mitte, z. B. *friends*.
- Schreibe die Oberbegriffe auf die Seitenarme, z. B. *strong points, what we do, …*
- Du weißt einen Oberbegriff nicht? Schaue ihn nach oder male ein Bild.
- Schreibe die Wörter und Phrasen zu den Oberbegriffen.

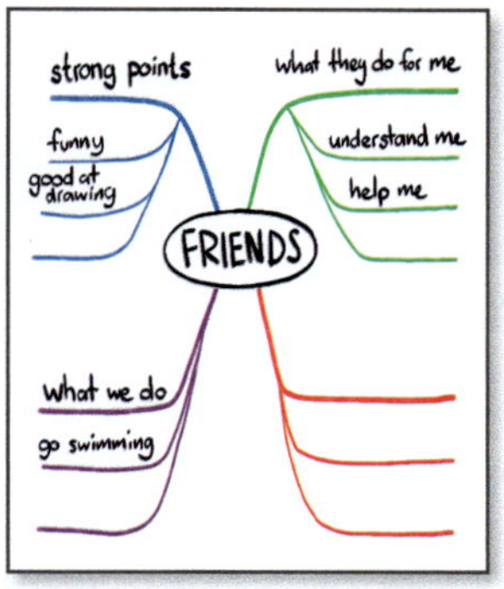

▶ Quiz

call you (every day)	dich (jeden Tag) anrufen
answer your messages	auf deine Nachrichten antworten
say nice things about you	nette Dinge über dich sagen
talk about problems	über Probleme sprechen
understand you	dich verstehen
give you presents	dir Geschenke geben
lend you things	dir Dinge leihen
wear cool clothes	coole Kleidung tragen
relaxed	entspannt, locker
amazing	großartig, toll, erstaunlich
positive	positiv
active	aktiv
best friend	bester Freund, beste Freundin
I think …	Ich denke / finde, …

So sagst du, was jemand tun sollte:

A good friend **should** understand you.	Ein guter Freund / Eine gute Freundin **sollte** dich verstehen.

Und so stimmst du zu oder nicht:

I agree. That's very important.	Ich stimme (dir) zu. Das ist sehr wichtig.
I don't agree. That's not important.	Ich stimme (dir) nicht zu. Das ist nicht wichtig.

So sagst du, warum du jemanden magst:

I like Nina **because** she is very relaxed.	Ich mag Nina, **weil** sie sehr entspannt ist.

▶ AH S. 58

Task: A poster about friends

Step 1 Look and read.

▶ Hilfe

Step 2 Prepare and make your poster.

1. Collect ideas and make notes.

Auf den Seiten 28 und 58 findest du passende Wörter.
Du kannst dein **Plakat** auf Papier oder in einer **App** gestalten.

2. Draw or find pictures.

3. Make your poster.

Step 3 Present your poster. Give and take feedback.

▶ Classroom English S. 82

The weather

1 Listen and repeat.

▶ Audio 58

weather

It's hot.

It's warm.

It's cold.

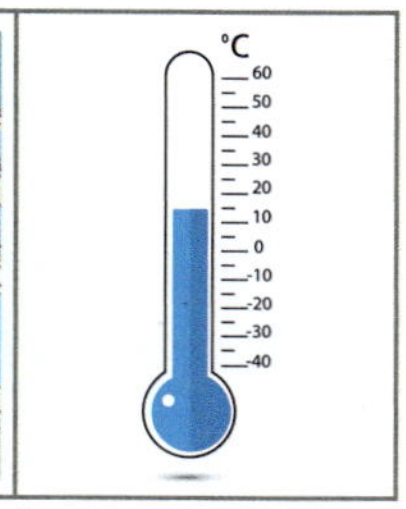

It's 15 degrees.

It's sunny.

It's rainy.

It's windy.

It's cloudy.

It's snowy.

▶ Quiz
▶ AH S. 59 Nr. 1

2 a) Look and listen.

▶ Audio 59

b) Now you: Ask and answer.

▶ AH Bildkarten

What's the weather like?

- It's cold and rainy.
- It's 15 degrees.

c) Look out of the window. What's the weather like today?

▶ AH S. 59 Nr. 2

3 a) Watch the video. It's about the weather in Europe.

▶ Video 9

b) Watch the video again. Answer.

What's the weather like in London?
- It's cold and windy in London.
- It's 14 degrees.

→ Copenhagen • Warsaw • Berlin • Amsterdam • Paris

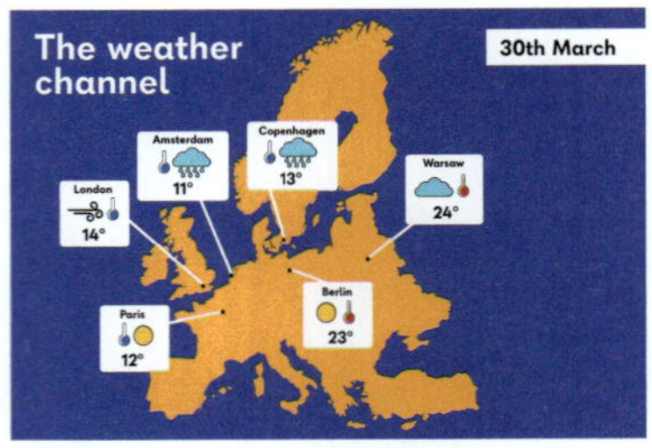

4 a) Look and listen.

▶ Audio 60

b) Look at the map in a). Ask and answer.

Where is Paris?
- Paris is in France.
- Paris is the capital of France.

→ France • the Netherlands • Germany • Poland • Denmark • the United Kingdom (the UK)

Englisch und andere Sprachen
Viele **Ländernamen** sind im Englischen ähnlich wie in anderen Sprachen. Sieh dir die **Europa-Karte** auf Seite 86 an:
- Welche Ländernamen sind ähnlich wie im Deutschen?
- Welche Ländernamen kennst du in anderen Sprachen?

▶ Europa-Karte S. 86

▶ AH S. 60

c) Pick 3 capitals. Write sentences from b) in your exercise book.

Darts

1 a) Look. Listen to Dylan and Owen. Answer. ▶ Audio 61

1 Does Dylan like darts?
2 Who is Owen's favourite sport star? Fallon Sherrock or Olli Lawrence?
3 What about you? Do you like watching or playing darts?

b) Walk around. Ask and answer with different partners.

Who is your favourite sport star?
– My favourite sport star is ______.

2 a) Read the profile. ▶ Hilfe

name:	Fallon Sherrock
birthday:	2nd July
from:	England
sport:	darts
hobbies:	She likes listening (and dancing) to pop music.
strong points:	She is very positive and creative. She is friendly with her fans. She is funny.
fun fact:	Some people say she is "the queen of the palace".

b) Write a profile about your favourite sport star. ▶ AH S. 61

Earth Day

1 a) **Look and listen.** ▶ Audio 62

When is Earth Day?

b) **Look at the slogans in a). Answer in German.**

1 *Welche Art der Ernährung ist gut für die Erde?*
2 *Warum ist die Erde wichtig für uns?*
3 *Welche Verkehrsmittel sollten wir am meisten nutzen?*

c) **Write and draw slogans for your classroom.**

Benutze eine **Wörterbuch-App**. Dort kannst du unbekannte Wörter nachschauen und anhören.

2 Celebrations

Der **Earth Day** wird seit 1970 am 22. April gefeiert. An diesem Tag beschäftigen sich viele Menschen auf der ganzen Welt mit dem Thema Umweltschutz. Viele Menschen starten Aktionen: Sie sammeln Müll oder pflanzen Bäume. Manche bauen auch ein Insektenhotel oder einen Nistkasten für Vögel.

- Hast du schon einmal an solchen Aktionen teilgenommen?
- Was kannst du mit deiner Klasse für die Umwelt tun?

▶ AH S. 62

Halloween

1 a) Look and find ...

- the red hair
- the green glasses
- the braces
- the grey skirt

Lily Dylan Grace Omar

b) Look at a) and listen. Say.

▶ Audio 63

Lily is wearing **a green jacket**, **a green skirt** and **black shoes**.

☆ **She** has **long black hair**.

→ a skirt • a jacket • a cap • a sweatshirt • a T-shirt • shoes • socks • jeans • trousers

2 Celebrations

Halloween wird seit über 1000 Jahren gefeiert. Die Tradition kommt ursprünglich aus Irland. Irische Einwandernde brachten Halloween im 19. Jahrhundert in die USA. Inzwischen feiert man Halloween in vielen Ländern.

In der Stadt Derry in Nordirland feiert man jedes Jahr das größte Halloween-Festival in Europa. Es gibt viele Stände und Attraktionen und einen großen Halloween-Umzug. Dort sieht man viele gruselige oder lustige Verkleidungen.

- Suche im Internet nach Bildern vom Halloween-Festival in Derry.
- Welche Verkleidung gefällt dir besonders gut?

▶ AH S. 63

New words and phrases

Read and say.

▶ Hilfe

Englische Adjektive mit -y

- Mit der Endung **-y** kann man Adjektive aus Nomen bilden: *wind → windy, snow →snowy*
- Finde weitere Adjektive mit der Endung **-y** auf dieser Seite.
- Wie heißen die passenden englischen Nomen?
- Überprüfe deine Antworten mit einer Wörterbuch-App.

weather	das Wetter
warm	warm
sunny	sonnig
rainy	regnerisch
windy	windig
cloudy	bewölkt, wolkig
snowy	schneebedeckt, verschneit
Europe	Europa
capital	die Hauptstadt
France	Frankreich
the Netherlands	die Niederlande
Poland	Polen
Denmark	Dänemark
the United Kingdom (the UK)	das Vereinigte Königreich

▶ Europa-Karte S. 86

So sprichst du über das Wetter:

What's the weather like (today)?	Wie ist das Wetter (heute)?
What's the weather like in Berlin?	Wie ist das Wetter in Berlin?
It's cold and cloudy	Es ist kalt und bewölkt.
It's hot and sunny.	Es ist heiß und sonnig.
It's 1 degree. / **It's** 15 degrees.	**Es ist** 1 Grad. / **Es sind** 15 Grad.

So sprichst du über Länder und ihre Hauptstädte:

Paris is in France.	Paris ist in Frankreich.
Paris is the capital of France.	Paris ist die Hauptstadt von Frankreich.

So beschreibst du, was jemand anhat:

Lily **is** wear**ing** green glasses.	Lily trägt eine grüne Brille.

▶ AH S. 64

Hören mit dem Hör-Profi

Der Hör-Profi hilft mir, Hörtexte und Gespräche zu verstehen.
Ich merke mir die Schritte 1–3 des Hör-Profis.
Ich wende den Hör-Profi bei Hörtexten und Videos an.
Auf diesen Seiten kann ich üben: 4, 10, 11, 20, 21, 23, 26, 30, 33, 40, 41, 44, 50, 53, 62 (Hörtexte); 8, 17, 36, 46, 56, 61 (Videos).

1 Vor dem Hören

Ich sehe mir die Bilder an.
Was sehe ich?
Was passiert?

Was kann ich auf Englisch sagen?

2 Beim Hören

Ich höre den Text einmal.
Welche Wörter verstehe ich?
Was sehe ich auch auf den Bildern?

Bei Videos:
Was sagen mir die Gesichter?
Was tun die Hände?

2 Read. Listen and answer.
- What are Omar's favourite subjects?
- What are his hobbies?
- Who meets in room 52?

Ich lese die Fragen.
Worum geht es?
Was soll ich herausfinden?
Was verraten mir die Schlüsselwörter?

Ich höre den Text genau.
Was weiß ich jetzt?

3 Nach dem Hören

Ich beantworte die Fragen.

Ich überlege zum Schluss:
Was habe ich gut gemacht?
Was weiß ich jetzt?

Sprechen mit dem Sprech-Profi

Der Sprech-Profi hilft mir, deutlich und verständlich zu sprechen.
Ich merke mir die Schritte 1–3 des Sprech-Profis.
Ich wende den Sprech-Profi bei Sprech-Aufgaben an.
Auf diesen Seiten kann ich üben: 5, 6, 11, 12, 14, 21, 22, 23, 24, 27, 29, 31, 32, 34, 35, 39, 41, 42, 43, 44, 51, 52, 54, 55, 57, 60, 61, 62, 64.

1 Vor dem Sprechen

Ich höre das Wort oder den Satz mehrmals.
Wie klingt das Wort?
Wie klingt der Satz?

Ich spreche leise mit.

2 Beim Sprechen

Ich spreche das Wort oder den Satz laut nach.
Wie klingt das bei mir?

Ich lese und sage das Wort oder den Satz.
Ich schließe die Augen und wiederhole laut.

Ich übe so lange, bis ich das Wort oder den Satz sicher sagen kann.

3 Nach dem Sprechen

Ich verwende das Wort oder den Satz so oft wie möglich.
Wo kann ich das Wort verwenden?
Wo kann ich den Satz verwenden?
Welche anderen Sätze kann ich genauso bilden?

Ich überlege zum Schluss:
Was habe ich gut gemacht?
Welche Wörter oder Sätze will ich mir merken?

Lesen mit dem Lese-Profi

Der Lese-Profi hilft mir, Texte zu lesen und zu verstehen.
Ich merke mir die Schritte 1–3 des Lese-Profis.
Ich wende den Lese-Profi bei Texten an.
Auf diesen Seiten kann ich üben: 7, 13, 15, 16-17, 25, 27, 33, 37, 45, 47, 53, 55, 57, 62, 63.

1 Vor dem Lesen

Ich sehe mir die Bilder an.
Was sehe ich? Was passiert?

Ich lese die Überschrift.
Was könnte in dem Text stehen?

Ich sehe mir den ganzen Text an.
Was fällt mir auf? Gibt es hervorgehobene Wörter? Gibt es Abschnitte?

2 Beim Lesen

Ich lese den Text. Ich kann ihn mir auch anhören.
Welche Wörter verstehe ich?
Was sehe ich auch auf den Bildern?

4 a) Read the text in 3 and listen. Find the answers 1–4.

1. "The tube" is the ______ in London.
2. Get around by ______ and see the city.
3. Do you like cycling? Get around by ______.
4. In the city centre, you can ______ too.

b) Make notes. Check your notes.

c) Write sentences 1–4 in your exercise book. Check your sentences.

Ich lese die Fragen.
Was soll ich herausfinden?
Was verraten mir die Schlüsselwörter?

Ich lese den Text genau.
Ich achte auf die Schlüsselwörter.
Was weiß ich jetzt?
Wenn ich einzelne Wörter nicht verstehe:
- Hilft mir der Satz?
- Kenne ich ähnliche Wörter in anderen Sprachen?
- Ich benutze eine Wörterbuch-App.

3 Nach dem Lesen

Ich beantworte die Fragen mündlich oder schriftlich.

Ich überlege zum Schluss:
Was habe ich gut gemacht?
Was nehme ich aus dem Text mit?

Schreiben mit dem Schreib-Profi

Der Schreib-Profi hilft mir, richtig und verständlich zu schreiben.
Ich merke mir die Schritte 1–3 des Schreib-Profis.
Ich wende den Schreib-Profi an, wenn ich Wörter, Sätze und Texte schreibe.
Auf diesen Seiten kann ich üben: 13, 14, 17, 19, 24, 28, 38, 39, 49, 52, 59, 61, 63.

My friend has **short brown hair**.
My friend has **green eyes**.
My friend is **helpful**.
He is **funny**.
He is good at **running**.
We **play football** and we **chill**.

1 Vor dem Schreiben

Ich sehe mir das Wort, den Satz oder den Text genau an.
Worauf muss ich besonders achten?
Gibt es hervorgehobene Wörter?
Wie ist der Satz oder der Text aufgebaut?

2 Beim Schreiben

Ich schreibe das Wort, den Satz oder den Text sorgfältig auf.
Ich nutze die Hilfen in meinem Schulbuch:
Die türkisblauen Wörter in den Muster-Sätzen sind Beispiele.
Ich ersetze die türkisblauen Wörter durch meine eigenen Ideen.
Ich benutze Hilfen wie die Wörterliste oder eine Wörterbuch-App.

3 Nach dem Schreiben

Ich überprüfe die Wörter, Buchstabe für Buchstabe.
Ich überprüfe die einzelnen Sätze und den ganzen Text.
Habe ich alles richtig geschrieben?
Kann ich alles lesen und verstehen?

Wenn ich einen Fehler finde, verbessere ich ihn.

My friend has long black hair.
My friend has brown eyes.
My frend is clever.
She is funi.

Wenn ich am PC schreibe, erkenne ich Fehler an den Wellenlinien unter den Wörtern.

Ich überlege zum Schluss:
Was habe ich gut gemacht?
Was kann ich jetzt?

Wörterliste

Wörter, die mit einem Kringel (°) markiert sind, gehören nicht zum Lernwortschatz.

A

a, an	ein, eine

Vor den Vokalen **a, e, i, o, u** *steht meist* **an** *statt* **a**:

a	an
a banana a tomato a new T-shirt	an apple an orange an old T-shirt

°**a week**	pro Woche
about	über
°**account**	der Account, das Konto
across	über *(quer über)*
active	aktiv
°**activity**	die Aktivität, die Tätigkeit
again	wieder, noch einmal
agree	zustimmen; einverstanden sein
°**all**	alle(s)
alone	allein
°**always**	immer
amazing	großartig, toll, erstaunlich
and	und
animal	das Tier
ankle	der Knöchel, das Fußgelenk
answer	(be)antworten
apple	der Apfel
April	der April
are: The books are £2.	Die Bücher kosten 2 Pfund.
are: they are	sie sind
aren't: they aren't	sie sind nicht
arm	der Arm
art	die Kunst
at 8 o'clock	um 8 Uhr
at home	zu Hause
at school	in der Schule
at the table	am Tisch
at the weekend	am Wochenende
°**at Tower Bridge**	auf/an der Tower Bridge
August	der August
aunt	die Tante
autumn	der Herbst

B

banana	die Banane
band	die Band
be	sein

Das Verb **be**

I **am** (= I'm)	*ich bin*
you **are** (= you're)	*du bist*
he/she/it **is** (= he's, she's, it's)	*er/sie/es ist*
we **are** (= we're)	*wir sind*
you **are** (= you're)	*ihr seid*
they **are** (they're)	*sie sind*

beach	der Strand
°**beach clean-up**	die Strandsäuberung
because	weil
bed	das Bett
best	beste, bester, bestes; am besten
best friend	der beste Freund, die beste Freundin
Best wishes	Viele Grüße *(Briefschluss)*
big	groß
bike	das Fahrrad
birthday	der Geburtstag
black	schwarz
blond	blond
blue	blau
board	die Tafel
body	der Körper

book	das Buch
boring	langweilig
boy	der Junge
braces *(Mehrzahl)*	die Zahnspange, die Zahnklammer
bread	das Brot
breakfast	das Frühstück
bridge	die Brücke
brother	der Bruder
brown	braun
bus	der Bus
°**bus stop**	die Bushaltestelle
but	aber
butter	die Butter
buy	kaufen
by bus	mit dem Bus
by card	mit der Karte *(Kreditkarte, Bankkarte)*

C

call	anrufen
°**camp**	das (Zelt-)Lager
can	können
Can you say that again, please?	Kannst du das bitte noch mal sagen?
candle	die Kerze
can't: I can't	ich kann nicht
cap	die (Schirm-)Mütze, die Kappe
capital	die Hauptstadt
car	das Auto
card	die Karte
caring	fürsorglich, liebevoll
cash	das Bargeld
°**castle**	die Burg
cat	die Katze
celebration	die Feier, das Fest
centre	das Zentrum; die Mitte

cereal	die Frühstücksflocken
chair	der Stuhl
chat (with)	chatten (mit); sich unterhalten (mit)

Wenn auf **chat** *eine Endung folgt, schreibt man das* **-t** *doppelt:* cha**tt**ing, cha**tt**ed

check	(über)prüfen, kontrollieren
cheese	der Käse
chicken	das Huhn; das Hähnchen
chill	chillen
chilling	das Chillen
chips *(Mehrzahl)*	die Pommes frites
cinema	das Kino
city	die (Groß-)Stadt
class	die Klasse; der Unterricht; der Kurs
clean	**1.** sauber **2.** sauber machen, putzen
clever	schlau, klug
close	schließen, zumachen
clothes *(Mehrzahl)*	die Kleidung, die Kleidungsstücke
cloudy	bewölkt, wolkig
cold	kalt

Englisch	*Deutsch*
It's cold. **It's** hot.	***Es ist*** *kalt.* ***Es ist*** *heiß.*
I'm cold. **I'm** hot.	***Mir ist*** *kalt.* ***Mir ist*** *heiß.*

colour	die Farbe
°**come**	(mit)kommen
comment	der Kommentar
communicative	kommunikativ, mitteilsam
computer	der Computer
computer game	das Computerspiel

Wörterliste

computing	die Informatik
cooking	das Kochen
cool	cool
corn	der Mais
cousin	der Cousin, die Cousine
creative	kreativ
cupboard	der Schrank
cushion	das Kissen
cycling	das Radfahren

D

dad	der Papa, der Vati
dancing	das Tanzen
°**darts**	das Darts, das Dartspiel
°**day**	der Tag
Dear ...	Liebe ..., Lieber ... (*Briefanfang, Begrüßung*)
December	der Dezember
degree	das Grad
Denmark	Dänemark
desk	der Schreibtisch
did *Vergangenheit von* **do**	machte(n), tat(en)
Did you see Lily?	Hast du Lily gesehen?
dinner	das Abendessen
dirty	schmutzig
do; *Vergangenheit* **did**	machen, tun; machte(n), tat(en)
do homework	die Hausaufgaben machen

Englisch: **Do** your homework.
Deutsch: **Mach** *deine Hausaufgaben.*

do my nails	meine Nägel machen
do sport	Sport machen / treiben
Do you like swimming?	Magst du Schwimmen?
do: What are you doing?	Was machst du (gerade)?
does: What does Lily eat?	Was isst Lily (gerne)?
doesn't: She doesn't eat ...	Sie isst nicht ..., Sie mag keine(n) ...

Kurzformen und Langformen:
does**n't** = does **not**
do**n't** = do **not**
did**n't** = did **not**

dog	der Hund
door	die Tür
drawing	das Zeichnen
drink	**1.** das Getränk **2.** trinken

E

eat	essen
egg	das Ei
eleven	elf
email	die E-Mail
England	England
English	Englisch; englisch
Europe	Europa
every	jeder/jede/jedes
every Monday	jeden Montag
everybody	alle, jeder
°**excited**	aufgeregt
exciting	aufregend
Excuse me, ...	Entschuldigung, ... / Entschuldigen Sie, ...
exercise	die Übung, die Aufgabe
eye	das Auge

F

family	die Familie
father	der Vater
favourite	Lieblings-
February	der Februar
feel	fühlen; sich fühlen
finger	der Finger

first	erste(r, s)
fish; *Mehrzahl* **fish**	der Fisch; die Fische
fit	passen
folder	die Mappe, der Ordner
follow	*(online)* folgen
food	das Essen, das Lebensmittel
foot; *Mehrzahl* **feet**	der Fuß; die Füße
football	der Fußball
for	für
for breakfast	zum Frühstück
for homework	als Hausaufgabe
fourth (4th)	vierte(r, s)
France	Frankreich
free	**1.** frei **2.** kostenlos
Friday	der Freitag
friend	der Freund, die Freundin
friendly	freundlich, nett
from	von, aus
°fun fact	interessantes Detail; nebenbei bemerkt
funny	witzig, lustig

G

game	das Spiel
gaming	das Gaming *(das Spielen am Computer)*
garden centre	das Gartencenter; die Gärtnerei
gardening	das Gärtnern
German	Deutsch
Germany	Deutschland
get around	herumkommen
get (to)	(hin)kommen (nach, zu)
girl	das Mädchen
give	geben
glasses *(Mehrzahl)*	die Brille
glue stick	der Klebestift
go; *Vergangenheit* **went**	gehen, fahren; ging(en), fuhr(en)
go shopping	einkaufen gehen
go straight on	geradeaus gehen
good	gut
be good at sth.	etwas gut können; gut in etwas sein
Good idea!	Gute Idee!
Good morning.	Guten Morgen.
Good to see you.	Schön, dich zu sehen.
Goodbye.	Auf Wiedersehen.
grandfather	der Großvater
grandma	die Oma
grandmother	die Großmutter
grandpa	der Opa
great	toll
green	grün
guinea pig	das Meerschweinchen

H

had *Vergangenheit von* **have**	hatte(n)
hair	das Haar, die Haare
ham	der Schinken
hamster	der Hamster
hand	die Hand
happy	glücklich, froh
Happy birthday!	Herzlichen Glückwunsch zum Geburtstag!
hard-working	fleißig
has: he/she/it has	er/sie/es hat
have; *Vergangenheit* **had**	haben; hatte(n)
have dinner	(zu) Abend essen
he	er
head	der Kopf
hear	hören
Hello.	Hallo.
help	helfen

Wörterliste

helpful	hilfsbereit; hilfreich
her name is	sie heißt
°here	hier; hierher
Here you are.	Bitte schön. / Hier, bitte.
Hi.	Hallo. / Hi.
hiking	das Wandern
his name is	er heißt
history	die Geschichte *(das Schulfach)*
hobby; *Mehrzahl* **hobbies**	das Hobby; die Hobbys

Englisch: hobb**y** – hobb**ies**
*Deutsch: das Hobb**y** – die Hobb**ys***

home	das Zuhause
homework	die Hausaufgabe(n)
honest	ehrlich
horse	das Pferd
hospital	das Krankenhaus
hot	heiß
How ...?	Wie ...?
How much is/are ...?	Was (Wie viel) kostet/ kosten ...?
How are you?	Wie geht's? / Wie geht es dir/euch?
How old are you?	Wie alt bist du?
hundred: a/one hundred	(ein)hundert
hurt	wehtun

I

ice tea	der Eistee
idea	die Idee
I'm (= I am)	ich bin
I'm fine.	Mir geht es gut.
I'm sorry.	Tut mir leid.
I'm taking photos.	Ich mache (gerade) Fotos.
important	wichtig
in	in
in spring	im Frühling
information	die Information(en)
is: The football is £3.	Der Fußball kostet 3 Pfund.
it	es
it's (= it is)	es ist *(bei Sachen und Tieren auch:* er ist; sie ist*)*
It's me.	Ich bin's.

J

jacket	die Jacke, das Jackett
jam	die Marmelade
January	der Januar

Die Monate schreibt man immer groß: **J**anuary, **F**ebruary, ...

jeans *(Mehrzahl)*	die Jeans
job	die Aufgabe; der Job, die (Arbeits-)Stelle
juice	der Saft
July	der Juli
June	der Juni

K

karate	Karate
°king	der König
knee	das Knie

Manche Buchstaben spricht man nicht aus:
knee („nii"), **h**onest („onest"),
san**d**wich („sänwitsch"), ...

L

lamp	die Lampe
last	letzte(r, s)
last weekend	letztes Wochenende
later	später
left	links
leg	das Bein

lemonade	die Limonade
lend	leihen
Let's ...	Lass(t) uns ...
like	mögen
I'd like a sandwich. (= I would like)	Ich hätte gern ein Sandwich.
I'd like to work at ...	Ich würde gerne in ... arbeiten.
lion	der Löwe
listen (to)	(sich etwas) anhören; zuhören
live	leben, wohnen
long	lang
Look!	Sieh mal!
look after my sister	auf meine Schwester aufpassen
look for	suchen
°**Look left/right!**	Schau nach links/rechts!
lots of	viel, viele
loud	laut
lunch	das Mittagessen

M

make	machen, herstellen
make dinner	Abendessen machen
March	der März
°**market**	der Markt
maths	die Mathe(matik)
May	der Mai
meet	kennenlernen; (sich) treffen
message	die Nachricht, die Mitteilung
milk	die Milch
Monday	der Montag

Die Wochentage schreibt man immer groß:
Monday, **T**uesday, ...

monkey	der Affe
mother	die Mutter
mouse; *Mehrzahl* **mice**	die Maus; die Mäuse
Mr Lee	Herr Lee
Ms Bond	Frau Bond
mum	die Mama, die Mutti
museum	das Museum
mushroom	der Pilz, der Champignon
music	die Musik
my name is	ich heiße

N

nail	der Fingernagel
name	der Name
°**national park**	der Nationalpark
°**near**	nahe (bei), in der Nähe von
neighbour	der Nachbar, die Nachbarin
the Netherlands	die Niederlande
new	neu
next to	neben
nice	nett
Nice to meet you.	Schön, dich kennenzulernen.
no	nein
No, I don't. *(freundliche Kurzantwort)*	Nein.
No, I didn't.	Nein.

Auf die Frage **Do you like swimming?** *solltest du nicht nur mit yes oder no antworten. Die höfliche Antwort lautet* **No, I don't.** *oder* **Yes, I do.**
Die höfliche Antwort auf **Did you go hiking?** *lautet* **No, I didn't**. *oder* **Yes, I did.**

not so	nicht so
November	der November
number	die Zahl, die Nummer

Wörterliste

O

o'clock: at 8 o'clock	um 8 Uhr
October	der Oktober
°**of**	von
OK	OK, in Ordnung
old	alt
on	auf
on Monday	am Montag
on the 4th of April	am vierten April
on the bus	im Bus
onion	die Zwiebel
online	online, Online-
open	öffnen; aufschlagen *(Buch)*
or	oder
orange	die Orange; orange(farben)
organizing	das Organisieren
°**our**	unser/e

P

page (= p.)	die (Buch-/Heft-)Seite
park	der Park
parrot	der Papagei
partner	der Partner, die Partnerin
party	die Party
pasta	die Pasta, die Nudeln
pay	zahlen, bezahlen
pay cash	bar bezahlen
pen	der Kugelschreiber, der Stift; der Füller
pencil	der Bleistift
pencil case	das Federmäppchen
people	die Leute, die Menschen
pepper	die Paprika
°**per day/hour**	pro Tag/Stunde
pet	das (Haus-)Tier
phone	das Handy, das Telefon
photo	das Foto
°**picture**	das Bild
pink	pink, rosa
pizza	die Pizza
place	der Ort, der Platz
°**plastic**	das Plastik, der Kunststoff
play	spielen
playing	das Spielen
please	bitte
°**point**	der Punkt
Poland	Polen
positive	positiv
post	**1.** posten *(im Internet veröffentlichen)* °**2.** der Post
pound (£)	das Pfund *(britische Währung)*

Man schreibt:	*Man sagt:*
£ 1	one **pound**
£ 2.50	two **pounds** fifty
90 p	ninety pence (auch „pii“)

present	das Geschenk
problem	das Problem

Q

quiet	ruhig, still, leise

R

rabbit	das Kaninchen
rainy	regnerisch
rat	die Ratte
red	rot
relaxed	entspannt, locker
reliable	verlässlich, zuverlässig
restaurant	das Restaurant
right	rechts
°**river**	der Fluss
roll	das Brötchen

room	der Raum, das Zimmer
rubber	der/das Radiergummi
rucksack	der Rucksack
°**rugby**	das Rugby *(Ballsportart)*
ruler	das Lineal
running	das Laufen, das Rennen

S

°**sad**	traurig
salad	der Salat *(als Gericht oder Beilage)*
sandwich	das Sandwich
Saturday	der Samstag, der Sonnabend
sausage	das Würstchen, die Wurst
say (about)	sagen (über)
school	die Schule
school things	die Schulsachen
science	die Naturwissenschaft *(auch als Schulfach)*
second (2nd)	zweite(r, s)
see	sehen
See you. / See you later.	Bis dann. / Bis später.
September	der September
series	die Serie, die Sendereihe
she	sie
shelf; *Mehrzahl* **shelves**	das Regal(brett); die Regale, das Regal *(mit mehreren Brettern)*
shoe	der Schuh
shop	das Geschäft, der Laden
shop assistant	der Verkäufer, die Verkäuferin
shopping	das Einkaufen; die Einkäufe
short	kurz
shorts *(Mehrzahl)*	die kurze Hose, die Shorts
should: A good friend should ...	Ein guter Freund / Eine gute Freundin sollte ...
sick	krank
sight	die Sehenswürdigkeit
sister	die Schwester
sit	sitzen; sich setzen
skatepark	der Skatepark
skirt	der Rock
small	klein
snake	die Schlange
snowy	scheebedeckt, verschneit
°**social media**	die sozialen Medien
°**social worker**	der Sozialarbeiter, die Sozialarbeiterin
sock	die Socke
sofa	das Sofa
some	einige, ein paar; etwas, ein wenig

Some *verwendet man*
1. *wenn man etwas nicht zählen kann:* **some** lemonade, **some** ice tea
2. *wenn man nicht weiß, wie viele es sind:* **some** tomatoes

souvenir	das Souvenir
sport	der Sport; die Sportart
sports field	der Sportplatz, das Sportfeld
spring	der Frühling
°**stadium**	das Stadion
stomach	der Bauch
straight on	geradeaus (weiter)
street	die Straße
°**street art**	die Straßenkunst
stressful	stressig
strong point	die Stärke; die starke Seite
student	der Schüler, die Schülerin; der Student, die Studentin
subject	das (Schul-)Fach
summer	der Sommer
Sunday	der Sonntag

sunny	sonnig
supermarket	der Supermarkt
surfing	das Surfing
sweatshirt	das Sweatshirt
swimming	das Schwimmen
swimming pool	das Schwimmbad

T

table	der Tisch
table tennis	das Tischtennis
tablet	das Tablet, der Tabletcomputer
take photos	Fotos machen
takeaway	die Imbissbude
talk (about)	sprechen, reden (über)
talk to	sprechen, reden mit
tea	der Tee
teacher	der Lehrer, die Lehrerin
team	das Team, die Mannschaft
Tell me about ...	Erzähle mir von ...
thank you	danke (schön)
thanks	danke
that	das (dort)
that's (= that is)	das (da) ist
°That's right.	Das ist richtig.
°That's wrong.	Das ist falsch.
the	der, die, das

Den Artikel **the** *spricht man unterschiedlich aus:*
1. *Vor Konsonanten wie „thä“:*
   the chips, **the h**am, **the p**izza
2. *Vor Vokalen meist wie "thii":*
   the ice tea, **the o**range

Im Englischen spricht man den Laut "th" besonders aus. Höre dir folgende Wörter in einer Wörterbuch-App an: **th**anks, **th**ing, **th**ird *und* **th**e, **th**en, **th**ey.

then	dann, danach
there	dort, dorthin
there are	es gibt
there is	es gibt

So sagst du ***„Es gibt ...“*** *auf Englisch:*
Einzahl: **There is** 1 chair.
Mehrzahl: **There are** 2 chairs.

they are	sie sind
they aren't (= are not)	sie sind nicht
thing	das Ding, die Sache
think	denken, finden
think: I think ...	Ich denke/finde, ...
third (3rd)	dritte(r, s)
thirteen	dreizehn (13)
This is Zane.	Das ist Zane.
Thursday	der Donnerstag
ticket	die Eintrittskarte, die Fahrkarte, das Ticket
time	die Zeit; die Uhrzeit
°tip	der Tipp
tired	müde
to the board	an die Tafel
today	heute
°together	zusammen
tomato; *Mehrzahl* **tomatoes**	die Tomate; die Tomaten
too	auch
too small	zu klein
tooth; *Mehrzahl* **teeth**	der Zahn; die Zähne
°tourist	der/die Tourist/in
°tourist information	die Touristeninformation
town	die Stadt
train	der Zug, die Eisenbahn
°transport	das Fortbewegungsmittel
trousers *(Mehrzahl)*	die Hose
°tube (the tube)	die Londoner U-Bahn
Tuesday	der Dienstag
tuna	der Thunfisch

turn right/left	(nach) rechts/links abbiegen
twenty-fifth (25th)	fünfundzwanzigste(r, s)

U

uncle	der Onkel
under	unter
underground	die U-Bahn
understand	verstehen
the United Kingdom (the UK)	das Vereinigte Königreich

V

veggie spread	der vegetarische Aufstrich
very	sehr
video	das Video
visit	besuchen

W

walk	(zu Fuß) gehen, wandern
walk the dog	mit dem Hund spazieren gehen, Gassi gehen
wardrobe	der Kleiderschrank
warm	warm
watch	(sich etwas) anschauen
water	das Wasser
we	wir
wear	tragen, anhaben *(Kleidung)*
weather	das Wetter
Wednesday	der Mittwoch
week	die Woche
weekend	das Wochenende
Welcome (back)!	Willkommen (zurück)!
went *Vergangenheit von* **go**	ging(en), fuhr(en)
What ...?	Was ...?
What about you?	Und du? / Was ist mit dir?
What are your strong points?	Was sind deine Stärken?
What would you like for Christmas?	Was wünschst du dir zu Weihnachten?
What's your favourite animal?	Was ist dein Lieblingstier?
°**What's for dinner?**	Was gibt's zum Abendessen?
What's the time?	Wie spät ist es?
What's ... like?	Wie ist ...? / Wie sieht ... aus?
What's your name?	Wie heißt du? (*wörtlich:* Was ist dein Name?)

What's *ist die Kurzform von* **What is.**

When ...?	Wann ...?
When is your birthday?	Wann hast du Geburtstag?
Where ...?	Wo ...?
Where would you like to work?	Wo würdest du gerne arbeiten?
white	weiß
°**Who ...?**	Wer ...?
Why ...?	Warum ...?
window	das Fenster
windy	windig
winter	der Winter
with	mit
word	das Wort
work	arbeiten
Would you like ...?	Möchtest du ...?
write	schreiben

Y

°**year**	das Jahr
yellow	gelb
yes	ja

Yes, I do. *(freundliche Kurzantwort)*	Ja.
Yes, I did. *(freundliche Kurzantwort)*	Ja.
yoghurt	der/das Joghurt
you	du; dich; dir; ihr; euch; Sie; Ihnen
your	dein, deine; euer; Ihr; ihr
you're (= you are)	du bist; ihr seid; Sie sind
You're welcome.	Bitte, gern geschehen. / Nichts zu danken.
youth centre	das Jugendzentrum

Let's talk

Classroom English

Du kannst dir die Sätze in der App anhören.

▶ Hilfe

You and your teacher	**Du und dein Lehrer / deine Lehrerin**
Good morning, Mr / Ms ...	Guten Morgen, Herr / Frau ...
Can I close / open the window, please?	Kann ich bitte das Fenster zumachen / aufmachen?
Can I go to the board?	Kann ich an die Tafel gehen?
Can we listen to a song?	Können wir ein Lied anhören?
Can we play a game?	Können wir ein Spiel spielen?
Can we watch a video?	Können wir ein Video anschauen?
Goodbye.	Auf Wiedersehen.
What's for homework?	Was haben wir als Hausaufgabe auf?

What your teacher says	**Was dein Lehrer / deine Lehrerin sagt**
Be quiet, please.	Sei bitte leise. / Seid bitte leise.
Check your answers.	Überprüft eure Antworten / Ergebnisse.
Do exercise 3 for homework.	Macht Übung 3 als Hausaufgabe.
Go to the board, please.	Geh bitte an die Tafel.
Let's do exercise 3.	Lasst uns Übung 3 machen.
Listen, please.	Hör bitte zu. / Hört bitte zu.
Open your books on page 8.	Schlagt Seite 8 auf.
Make notes.	Mache dir Notizen. / Macht euch Notizen.
Practise with a partner.	Übt zu zweit.
Say it again, please.	Sag das bitte noch mal.
Say it in German / English, please.	Sag es bitte auf Deutsch / Englisch.
Write the words / sentences in your exercise books.	Schreibt die Wörter / die Sätze in euer Heft.

You need help	**Du brauchst Hilfe**
Can you help me, please?	Können Sie mir bitte helfen? / Kannst du mir bitte helfen?
Can you say that again, please?	Können Sie das bitte noch einmal sagen? / Kannst du das bitte noch einmal sagen?
I don't understand.	Ich habe das nicht verstanden.
What's *Lineal* in English?	Was heißt „Lineal" auf Englisch?
What's „pen" in German?	Was heißt *pen* auf Deutsch?
What page, please?	Welche Seite, bitte?

Classroom English

Du kannst dir die Sätze in der App anhören.

▶ Hilfe

Work with a partner / Work in a group	**Zu zweit arbeiten / In einer Gruppe arbeiten**
Can I work with Ella (and Luca)?	Kann ich mit Ella (und Luca) arbeiten?
Can I have your pen, please?	Kann ich bitte deinen Stift haben?
Yes, you can. Here you are.	Ja. Hier, bitte.
No, you can't. I'm sorry.	Nein. Tut mir leid.
Thanks, Rico.	Danke, Rico.
You're welcome.	Gern geschehen.

Give your opinion	**Deine Meinung sagen**
I think ...	Ich denke / finde, ...
I don't think ...	Ich denke / finde nicht, ...
I agree.	Ich stimme (dir) zu.
Sorry, I don't agree.	Tut mir leid. Ich stimme (dir) nicht zu.
That's very important.	Das ist sehr wichtig.
That's not (so) important.	Das ist nicht (so) wichtig.

Give feedback	**Feedback geben**
Good work!	Gute Arbeit! Gut gemacht!
Good eye contact!	Guter Blickkontakt!
I like your ideas. I like your poster / ...	Mir gefallen deine Ideen. Mir gefällt dein Plakat / ...
Your poster / ... is cool / very creative.	Dein Plakat / ... ist cool / sehr kreativ.
Your pictures are good / great.	Deine Bilder sind gut / toll.
You spoke loudly and clearly.	Du hast laut und deutlich gesprochen.
You made pauses.	Du hast Pausen gemacht.

Numbers

Du kannst dir die Grundzahlen 1 bis 100 in der App anhören. ▶ Hilfe

1	one
2	two
3	three
4	four
5	five
6	six
7	seven
8	eight
9	nine
10	ten
11	eleven
12	twelve
13	thirteen
14	fourteen
15	fifteen
16	sixteen
17	seventeen
18	eighteen
19	nineteen
20	twenty
21	twenty-one
22	twenty-two
23	twenty-three
24	twenty-four
25	twenty-five
26	twenty-six
27	twenty-seven
28	twenty-eight
29	twenty-nine
30	thirty
40	forty
50	fifty
60	sixty
70	seventy
80	eighty
90	ninety
100	one hundred / a hundred

Du kannst dir die Ordnungszahlen 1. bis 31. in der App anhören. ▶ Hilfe

1st	first
2nd	second
3rd	third
4th	fourth
5th	fifth
6th	sixth
7th	seventh
8th	eighth
9th	ninth
10th	tenth
11th	eleventh
12th	twelfth
13th	thirteenth
14th	fourteenth
15th	fifteenth
16th	sixteenth
17th	seventeenth
18th	eighteenth
19th	nineteenth
20th	twentieth
21st	twenty-first
22nd	twenty-second
23rd	twenty-third
24th	twenty-fourth
25th	twenty-fifth
26th	twenty-sixth
27th	twenty-seventh
28th	twenty-eighth
29th	twenty-ninth
30th	thirtieth
31st	thirty-first

Quellenverzeichnis

Cover
Cornelsen/Nils Fliegner

Illustrationen
Cornelsen/Carl Pearce (Beehive Illustration Agency): S. 7/o.l., S. 7/o.r., S. 7/u.l., S. 7/u.r., S. 15/M.l., S. 15/M.r., S. 15/o.l., S. 15/o.M., S. 15/o.r., S. 27, S. 37, S. 47/M.l., S. 47/M.M., S. 47/u.M., S. 47/u.r., S. 57; Cornelsen/Joseph Wilkins (Beehive Illustration Agency): S. 3/v.o.n.u. 2, S. 3/v.o.n.u. 3, S. 3/v.o.n.u. 4, S. 3/v.o.n.u. 5, S. 3/v.o.n.u. 6, S. 5/u.l., S. 5/u.r., S. 6, S. 9, S. 10, S. 11/Illustrationen, S. 12, S. 14, S. 15/u.r., S. 20, S. 21/Illustrationen, S. 22/o., S. 22/u., S. 23, S. 24, S. 29/Illustrationen, S. 30, S. 31, S. 32, S. 33/M.u.r., S. 33/u.r., S. 34, S. 35/u.l., S. 35/u.r., S. 38, S. 39, S. 40, S. 41, S. 42, S. 43, S. 44/o., S. 49/u.l., S. 49/u.r., S. 50, S. 51, S. 52, S. 53/o.l., S. 53/o.M., S. 53/o.r., S. 54, S. 58, S. 59/M.l., S. 59/M.r., S. 59/u., S. 60/Illustrationen, S. 62/o., S. 63, S. 64/Illustrationen, S. 66/o., S. 81, S. 82; Cornelsen/Nils Fliegner: S. 1

Fotos
S. 3/v.o.n.u. 1: Shutterstock.com/Globe Turner; S. 3/v.o.n.u. 7: Shutterstock.com/yexelA; S. 4/o.l.: mauritius images/Steve Vidler; S. 4/o.r.: mauritius images/Stephen Olner/Alamy; S. 4/u.l.: mauritius images/Iain Sarjeant/Alamy; S. 4/u.r.: mauritius images/Loop Images; S. 5/o.l.: Cornelsen/Anja Poehlmann; S. 5/o.M.l.: Cornelsen/Chocolate Films; S. 5/o.M.r.: Cornelsen/Chocolate Films; S. 5/o.r.: Cornelsen/Chocolate Films; S. 7/Emojis: Shutterstock.com/Hussain Kazim; S. 8/Karte: stock.adobe.com/lesniewski; S. 8/Karte: Flaggen: Shutterstock.com/SLdesign; S. 8/Kompass: Shutterstock.com/languste; S. 8/u.r.: Shutterstock.com/Globe Turner; S. 11/u.: Shutterstock.com/manorm; S. 13/o.l.: mauritius images/Steve Vidler; S. 13/o.r.: Shutterstock.com/S-F; S. 13/u.l.: Shutterstock.com/r.nagy; S. 13/u.r.: mauritius images/dani codina/Alamy; S. 16/Emojis: Shutterstock.com/Hussain Kazim; S. 16/Katze: Shutterstock.com/Faisol Farhan; S. 16/M.o.: stock.adobe.com/Nicola; S. 16/M.u.: mauritius images/Novarc Images; S. 16/o.: Cornelsen, Hintergrund: stock.adobe.com/Photocreo Bednarek, Junge:; S. 16/Stadion: Shutterstock.com/Faisol Farhan; S. 16/u.: mauritius images/Michael Weber; S. 19/Hand: Shutterstock.com/Cali6ro; S. 19/o.l.: Shutterstock.com/Eszter Szadeczky-Kardoss; S. 19/o.r.: stock.adobe.com/Nicola; S. 19/u.r.: mauritius images/Novarc Images; S. 21/u.l.: Shutterstock.com/wavebreakmedia; S. 21/u.M.l.: Shutterstock.com/Monkey Business Images; S. 21/u.M.r.: stock.adobe.com/alexbrylovhk; S. 21/u.r.: Shutterstock.com/Oskari Porkka; S. 22/Emojis: Shutterstock.com/Hussain Kazim; S. 25/o.l.: Shutterstock.com/TeddyandMia; S. 25/o.M.: Shutterstock.com/HappyPictures; S. 25/o.r.: Shutterstock.com/svetlatek; S. 26/M.l.: mauritius images/Cody Froggatt/Alamy; S. 26/M.r.: mauritius images/Nigel Waldron/Alamy; S. 26/o.l.: stock.adobe.com/Kaspars; S. 26/o.r.: Cornelsen/Chocolate Films; S. 26/u.r.: mauritius images/News Images LTD/Alamy; S. 29/o.: Cornelsen/Gunnar Rossow; S. 33/Flagge: Shutterstock.com/Basthamp; S. 33/Haken: Shutterstock.com/Titov Nikolai; S. 33/Hände: Shutterstock.com/Michiru13; S. 33/Kreuz: Shutterstock.com/Titov Nikolai; S. 33/M.o.r. Strand: Shutterstock.com/Maryshot; S. 33/M.u.l. Strand: Shutterstock.com/VH-studio; S. 33/Papierkorb: Shutterstock.com/AlipFir; S. 35/Karte: Karte: Cornelsen/Joseph Wilkins (Beehive Illustration Agency); Tasche: Shutterstock.com/Ahmad Arzaha; Cafe: Shutterstock.com/VikiVector; Strand, Schwimmbad: Shutterstock.com/Mariia Lov; Bus: Shutterstock.com/NAPISAH NAPISAH; Brücke: Shutterstock.com/Alex Leo; Info: Shutterstock.com/viktor vorobyev; You are Here: Shutterstock.com/Alex.4L; S. 35/Pfeile: Shutterstock.com/QuirkCraft Studio; S. 36/o.l.: mauritius images/Destinations; S. 36/o.r.: stock.adobe.com/Apostolis Giontzis; S. 36/u.l.: mauritius images/Mike McEnnerney/Alamy; S. 36/u.r.: mauritius images/Paul Christian Gordon/Alamy; S. 44/u.l.: Cornelsen/Chocolate Films; S. 44/u.r.: Cornelsen/Chocolate Films; S. 45/1: Shutterstock.com/Nuwirana; S. 45/2: Shutterstock.com/Xeyal Yaqubov; S. 45/3: Shutterstock.com/nkrumah frederick; S. 45/4: Shutterstock.com/diosugiharto; S. 45/5: Shutterstock.com/Fourleaflover; S. 45/6: Shutterstock.com/Macro Icon; S. 45/u.M.: Shutterstock.com/Giuseppe_R; S. 46/M.r.: stock.adobe.com/wavebreak3; S. 46/u.r.: Shutterstock.com/David Pimborough; S. 46/o.l.: Shutterstock.com/Dilchaspiyaan; S.46/o.r.: stock.adobe.com/Tomas Marek; S.46/M.l.: stock.adobe.com/postywood1; S.47/M.r.: Cornelsen/Person re.: Chocolate Films, Wagen + Hintergrund: mauritius images/PHILIP SMITH/Alamy; S47/u.l.: Hintergrund: Shutterstock.com/1000 Words; Person: Cornelsen/Chocolate Films; Auto: mauritius images/PHILIP SMITH/Alamy; S. 49/Emojis: Shutterstock.com/Hussain Kazim; S. 53/Flaggen: Shutterstock.com/Globe Turner; S. 55/M.: Shutterstock.com/melitas; S. 55/u.l.: Cornelsen/Gunnar Rossow; S. 56/M.l.: mauritius images/Gerry Morgan/Alamy; S. 56/M.r.: mauritius images/Rene Mattes; S. 56/o.l.: mauritius images/Liam Cleary; S. 56/o.r.: stock.adobe.com/Patryk Kosmider; S. 56/u.r.: stock.adobe.com/Peter Hermes Furian; S. 59/o.l., o.r.: Shutterstock.com/LEA DINH; S. 59/o.r.: M.: Shutterstock.com/craftlove; S. 59/o.r.: o.: Shutterstock.com/Pixel-Shot; S. 59/o.r.: u.l.: Shutterstock.com/Bibadash; S. 59/o.r.: u.M.: Shutterstock.com/MURRIRA; S. 59/o.r.: u.r.: Shutterstock.com/melitas; S. 59/u.l.: Shutterstock.com/LEA DINH; S. 60/1. l.: Shutterstock.com/yexelA; S. 60/1. r.: Shutterstock.com/Vikusandra; S. 61/M.: Shutterstock.com/M.KOS; S. 61/o.r.: Shutterstock.com/ps-42; S. 62/u.: imago sport/Action Plus; S. 64/u.: mauritius images/Radharc Images/Alamy; S. 77: Shutterstock.com/Filatova Halyna; S. 86/Karte: Depositphotos/Iryna Volina; S. 86/Kompass: Shutterstock.com/languste

Texte
S. 53/1982+85 by Warn. Bros.Music Corp/New Hidden Valley. Music/C.B.-S. Music, NEUE WELT MV GMBH, Hamburg. Text: Burt Bacharach / Carole Bayer-Sager

EUROPE

Du kannst dir die Ländernamen in der App anhören.

▶ Hilfe

Albania	Czechia	Italy	Montenegro	Slovakia
Andorra	Denmark	Kazakhstan	the Netherlands	Slovenia
Armenia	Estonia	Kosovo	North Macedonia	Spain
Austria	Finland	Latvia	Norway	Sweden
Belarus	France	Liechtenstein	Poland	Switzerland
Belgium	Georgia	Lithuania	Portugal	Turkey
Bosnia-	Germany	Luxembourg	Romania	Ukraine
Herzegovina	Greece	Malta	Russia	the United Kingdom
Bulgaria	Hungary	Moldova	San Marino	(the UK)
Croatia	Iceland	Monaco	Serbia	Vatican City
Cyprus	Ireland			